キラキラ名探偵

シャーロック・ホームズ

緋色の研究

ホームズ！
だだだだ
だっ
シャーロック・ホームズ
世《せ》界《かい》初《はつ》の私《し》立《りつ》探《たん》偵《てい》
大変《たいへん》だよホームズ！
ばんっ

ムキ〜〜
うるさいぞワトソン！バイオリンの音色《ねいろ》が台無《だいな》しじゃないか！
とんでもない大事件《だいじけん》だ！
ジョン・H・ワトソン
医者《いしゃ》、ホームズの相棒《あいぼう》
ど〜ん
遺体《いたい》が届《とど》いたんだよ…！
いったい…誰《だれ》が何《なん》のために送《おく》りつけてきたんだろう？
頼《たの》んだのは僕《ぼく》だ
ポイッ
やっと来《き》たか！待《ま》ちわびたぞ！
おっと…
しゅばっ

ずる
ずる…
な、何《なに》を…
じゃんっ
ムチ?
ばしっ
ばしっ
ばしっ
ばしっ
ひ〜
死者《ししゃ》にムチ打《う》つなんて冒《ぼう》とくだよ⁉
ばしっ
ばしっ
ばしっ
ボコッ
ボコッ
ボコッ
ボコッ
変人《へんじん》とは思《おも》ってたけど
とうとうおかしくなっちゃったの⁉
ぷる
ぷる…

ゼ～ゼ～
いちいちうるさいな これじゃ落《お》ち着《つ》いて実験《じっけん》もできないだろ
実験《じっけん》？
はっ
人《ひと》に死後《しご》どの程度《ていど》アザができるかを確《たし》かめているんだ
それって… 犯罪《はんざい》の偽装工作《ぎそうこうさく》を調《しら》べてるのかい？
そんなことなら聞《き》いてくれればいいのに… 僕《ぼく》は医者《いしゃ》だよ
ぐいっ
人《ひと》から聞《き》くのと自分《じぶん》で実験《じっけん》するのとでは大違《おおちが》いだ
アザができるならどの程度《ていど》のアザができるのか？
できないのなら肌《はだ》にわずかな変化《へんか》は生《しょう》じるのか？
観察《かんさつ》してデータを集《あつ》めることが大切《たいせつ》なんだよ

ぽいっ
ささっ
カチャカチャ
ん。
ワトソン、指《ゆび》を出《だ》して
すっ
ん？
どうして？
ぎゃっ
チクッ
はり。
痛っ!!
痛《いた》っ!!
何《なに》すんだよ!?
すっ
ポトッ

血液《けつえき》の成分《せいぶん》のヘモグロビンにのみ反応《はんのう》する試薬《しやく》を作《つく》ってみたんだ
実験《じっけん》なら自分《じぶん》の血《ち》でやってよ！
僕《ぼく》は劇薬《げきやく》も使《つか》うから指先《ゆびさき》の傷《きず》には注意《ちゅうい》してるんだ
ふるふる
僕《ぼく》だって医者《いしゃ》だし、指先《ゆびさき》はキミ以上《いじょう》に大切《たいせつ》なんだけど！
ちょっと！
まったく…
キャンキャンうるさい奴《やつ》だな
キャンキャン
まるでブルドッグの子犬《こいぬ》を飼《か》ってるみたいだ
誰《だれ》がブルドッグだって？
んん？
おっ反応《はんのう》が出《で》たぞ

ばっ
すごいぞ！成功《せいこう》だ！
この検査法《けんさほう》なら犯行後何《はんこうごなん》ケ月《かげつ》もたった衣服《いふく》のシミが
泥汚《どろよご》れなのか血痕《けっこん》なのか調《しら》べることができる
この薬《くすり》がもっと前《まえ》に発明《はつめい》できていたら
今普通《いまふつう》に暮《く》らしている犯罪者《はんざいしゃ》を捕《つか》まえることができたのに…
くっ…
あー悔《くや》しい…

人間《にんげん》が真《しん》に研究《けんきゅう》すべきは人間《にんげん》という言葉《ことば》があるけど…
フッ
驚《おどろ》かされて、感心《かんしん》させられて…君《きみ》と一緒《いっしょ》にいると本当《ほんとう》に退屈《たいくつ》しないよ
ガチャ
ホームズさん、電報《でんぽう》が届《とど》きましたよ
ハドソン夫人《ふじん》
ホームズとワトソンが住《す》んでいる下宿《げしゅく》の大家《おおや》
きゃあっ
な、何《なん》ですかこれは?!
大丈夫《だいじょうぶ》です僕《ぼく》が法医学室《ほういがくしつ》へ戻《もど》しておきますから
いや…それは後回《あとまわ》しだ
にやっ
レストレード警部《けいぶ》からだ
事件《じけん》の始《はじ》まりだ!

事件《じけん》ファイル１
緋《ひ》色《いろ》の研《けん》究《きゅう》
いよいよ事件《じけん》だよ！
今回《こんかい》僕《ぼく》たちが挑《いど》む２つの事件《じけん》をちょっとだけ紹介《しょうかい》するよ！
ロンドン市街《しがい》の空《あ》き家《や》で遺体《いたい》が発見《はっけん》された！
傷《きず》ひとつない遺体《いたい》の横《よこ》に残《のこ》された血痕《けっこん》…
そして「ＲＡＣＨＥ」という血文字《ちもじ》
RACHE

被害者《ひがいしゃ》に恨《うら》みを持《も》つ犯人《はんにん》が逮捕《たいほ》される
…しかしさらなる殺人《さつじん》が起《お》こる
20年前《ねんまえ》の残酷《ざんこく》な事件《じけん》とは…
ロンドン警視庁《けいしちょう》のエリート、グレッグソン警部《けいぶ》とホームズの推理対決《すいりたいけつ》も!

事件《じけん》ファイル2
ボール箱《ばこ》
三姉妹《さんしまい》の長女《ちょうじょ》スーザン・カッシングに届《とど》いたのは
なんと、ボール箱《はこ》に入った人間《にんげん》の耳《みみ》…！
ホームズ、ワトソン、レストレード警部《けいぶ》の三人《さんにん》は
クロイドンへと急行《きゅうこう》する
まじめな長女《ちょうじょ》
美人《びじん》で気《き》の強《つよ》い次女《じじょ》
先《さき》に結婚《けっこん》して家《いえ》を出《で》た三女《さんじょ》

仲《なか》のよかった三姉妹《さんしまい》に
いったい何《なに》があったのだろうか…
三姉妹《さんしまい》に共通《きょうつう》する
ある特徴《とくちょう》とは⁉
切《き》り取《と》られた耳《みみ》は
誰《だれ》のものなのか…
恐《おそ》ろしい事件《じけん》の真相《しんそう》が
明《あき》らかになる！
ホームズは事件《じけん》を
解決《かいけつ》することが
できるかな？
君《きみ》も一緒《いっしょ》に謎《なぞ》を
解《と》いてみてね！
おいていくぞ〜ワトソン
えっちょっとまってよ！

ホームズとワトソンについて

世界初《せかいはつ》の私立探偵《しりつたんてい》であるシャーロック・ホームズと、その相棒《あいぼう》のジョン・H・ワトソン。二人《ふたり》はどんな人物《じんぶつ》なのかな？

“ワトソン…
複雑《ふくざつ》に絡《から》まった糸《いと》かせの中《なか》から
真《ま》っ赤《か》な糸《いと》を解《と》きほぐしたよ”

どんな難事件《なんじけん》も解決《かいけつ》する
世界一《せかいいち》の名探偵《めいたんてい》

シャーロック・ホームズ

世界初《せかいはつ》の私立探偵《しりつたんてい》。180cm以上《いじょう》の長身《ちょうしん》でスラッとした体型《たいけい》をしています。小さな証拠《しょうこ》も見《み》つける鋭《するど》い観察眼《かんさつがん》を持《も》っており、誰《だれ》もがお手上《てあ》げの難事件《なんじけん》をあっさり解決《かいけつ》。一度《いちど》考《かんが》え込《こ》むとほかのことに手《て》がつかなくなったり、徹夜《てつや》したり、食事《しょくじ》をとるのを忘《わす》れたりすることも…。よくワトソンに心配《しんぱい》をかけています。

銃《じゅう》の腕前《うでまえ》はかなりのもの！
ホームズを支《ささ》える心優《こころやさ》しい相棒《あいぼう》

ジョン・H・ワトソン

多《おお》くの患者《かんじゃ》に慕《した》われる医者《いしゃ》であり、ホームズの唯一無二《ゆいいつむに》の相棒《あいぼう》。ふだんはのんびりしており、ホームズにからかわれることもよくありますが、銃《じゅう》の腕《うで》はかなりのもの。ホームズも頼《たよ》りにしています。最初《さいしょ》は戸惑《とまど》っていましたが、ホームズと一緒《いっしょ》に難事件《なんじけん》を解決《かいけつ》する刺激的《しげきてき》な毎日《まいにち》を楽《たの》しむようになりました。

〝僕《ぼく》が信頼《しんらい》するシャーロック・ホームズが絶対《ぜったい》に事件《じけん》を阻止《そし》するさ！〟

もくじ

事件《じけん》ファイル 1

緋《ひ》色《いろ》の研《けん》究《きゅう》

マンガ
SALI《サリ》
(P.20〜43／P.146〜169)
一ノ瀬《いちのせ》いぶき
(P.114〜127)

絵《え》
蒼衣《あおい》ユノ

文《ぶん》
森永《もりなが》ひとみ

登《とう》場《じょう》人《じん》物《ぶつ》紹《しょう》介《かい》

この事件《じけん》に登場《とうじょう》する人物《じんぶつ》を紹介《しょうかい》するよ！

現在《げんざい》

イーノック・ドレバー

第一《だいいち》の被害者《ひがいしゃ》

同僚《どうりょう》

レストレード警部《けいぶ》

ロンドン警視庁《けいしちょう》（スコットランドヤード）の警部《けいぶ》

トバイアス・グレッグソン警部《けいぶ》

ロンドン警視庁《けいしちょう》（スコットランドヤード）の警部《けいぶ》

部下《ぶか》

ジョン・ランセ

ブリクストン通《どお》り担当《たんとう》の巡査官《じゅんさかん》。ドレバーの死体《したい》の第一発見者《だいいちはっけんしゃ》

ソーヤ

犯人《はんにん》が落《お》としたと思《おも》われる指輪《ゆびわ》を取《と》りに来《き》た老婆《ろうば》

兄妹《きょうだい》

アリス・シャルパンティエ

アーサーの妹《いもうと》。ドレバーに嫌《いや》がらせを受《う》けていた

アーサー・シャルパンティエ

海軍士官《かいぐんしかん》。ドレバーとスタンガーソンの下宿先《げしゅくさき》の主《あるじ》

現在《げんざい》
ジェファーソン・ホープ
現在《げんざい》
ジョセフ・スタンガーソン
第二《だいに》の被害者《ひがいしゃ》
20年前《ねんまえ》
ジェファーソン・ホープ
アメリカを放浪《ほうろう》し鉱山《こうざん》を掘《ほ》っている青年《せいねん》
ジョセフ・スタンガーソン
ユタの開拓団《かいたくだん》の男《おとこ》
ルーシー・フェリアー
ジョンの養女《ようじょ》
親子《おやこ》
ユタの開拓団《かいたくだん》
ジョン・フェリアー
ルーシーの父《ちち》。ユタの開拓団《かいたくだん》の一員《いちいん》
イーノック・ドレバー
クリーブランドに住《す》むユタの開拓団《かいたくだん》の男《おとこ》

第《だい》1章《しょう》 ローリストン・ガーデンの事件《じけん》

病気《びょうき》が長引《ながび》いていて手《て》のほどこしようがなくて
楽《らく》にしてほしいと言《い》われたんだけど…
そういう薬《くすり》はもってないのか？
シャーロック・ホームズ
世界初《せかいはつ》の私立探偵《しりつたんてい》
ホームズ 僕《ぼく》は医者《いしゃ》だよ
ペロ…
ワンちゃんを手《て》に掛《か》けるなんて僕《ぼく》には無理《むり》だよ！
だけどその犬《いぬ》はとても苦《くる》しんでいる
無理《むり》に苦《くる》しみを引《ひ》き延《の》ばすなんてエゴじゃないか？

意外《いがい》だな…てっきり
毒《どく》を飲《の》ませろ！毒《どく》がないなら今《いま》すぐ作《つく》る！
とか言《い》い出《だ》すかと思《おも》ったよ
君《きみ》は僕《ぼく》を無情《むじょう》で冷徹《れいてつ》で底意地《そこいじ》の悪《わる》い
非道《ひどう》な人間《にんげん》だと思《おも》っていたのか？
いや…その通《とお》りじゃない？
ターナー夫人《ふじん》だって忍《しの》びないんだと思《おも》う
だから君《きみ》を頼《たよ》ったんじゃないのか？
へぇ〜君《きみ》の口《くち》から人情味《にんじょうみ》あふれる温《あたた》かな言葉《ことば》がでるなんて思《おも》いもしなかった…

もしかして恋愛小説《れんあいしょうせつ》でも読《よ》みまくってるの？
ボクが買ってきたやつ読んでるとか？
カチン☆
君《きみ》は恋愛《れんあい》のことばかり考《かんが》えてるから重要《じゅうよう》なものを見失《みうしな》うんだ
はー
いいか人《ひと》の頭脳《ずのう》は小《ちい》さな部屋《へや》なんだ
部屋《へや》には自分《じぶん》で選《えら》んだ家具《かぐ》を置《お》くものだ

ところが ふつうの人間《にんげん》は 手当《てあ》たり次第《しだい》に しかもガラクタ まで突《つ》っ込《こ》んで しまう
ギュウ
ギュウ
入らない〜〜
わ〜〜ん
ゾメ
ドカ
すると肝心《かんじん》な 知識《ちしき》は部屋《へや》から はみ出《だ》すか ほかとごちゃ交《ま》ぜに なって必要《ひつよう》なときに 取《と》り出《だ》せなく なってしまう
恋愛小説《れんあいしょうせつ》なんて 何《なん》の意味《いみ》もない
けっ
僕《ぼく》には必要《ひつよう》な 知識《ちしき》をいつでも 取《と》り出《だ》せるように
心《こころ》がけておく ことが大切《たいせつ》なんだ
はいはい… 僕《ぼく》は広《ひろ》く浅《あさ》く ごちゃごちゃ ですよ

ケンカするほど
仲《なか》がいいっていうか
相変《あいか》わらず
じゃれ合《あ》ってるな
レストレード警部《けいぶ》!
レストレード警部《けいぶ》
ロンドン警視庁《けいしちょう》の警部《けいぶ》
ふん…助手《じょしゅ》を
指導《しどう》している
だけだ
だから助手《じょしゅ》じゃ
ないって!
それで
何《なに》しに来《き》たんだ?
温《あたた》まりに来《き》たのか?
今日は寒いしね
じつは…

※ロンドン南部《なんぶ》にある通《とお》り

レストレード！
現場《げんば》には手《て》を触《ふ》れていないだろうな？
…
12時《じ》までなら現場《げんば》には誰《だれ》も入《はい》らないように指示《しじ》してある
ワトソン…犬《いぬ》をターナー夫人《ふじん》へお返《かえ》ししてこい
！もしかしてホームズ!?
レストレードがこの謎《なぞ》が解《と》けないと夜《よる》も眠《ねむ》れないと泣《な》きごとを言《い》うから
わくわく
現場《げんば》に行《い》ってみようじゃないか！
ぐっ
俺《おれ》はそんなこと言《い》ってないぞ！
ガラガラ
ガラ

※1　5マイル＝約《やく》8キロメートル、※2　50ヤード＝約《やく》45メートル

現場《げんば》へは辻馬車《つじばしゃ》で行《い》ったか？
警官《けいかん》は誰《だれ》も辻馬車《つじばしゃ》は使《つか》ってない
遺体《いたい》の第一発見者《だいいちはっけんしゃ》は？
ランセ
ランセ巡査《じゅんさ》が午前《ごぜん》2時《じ》に発見《はっけん》している
その後《あと》馬車《ばしゃ》なんて通《とお》ってない
何《なに》を気《き》にしてるんだ？
辻馬車《つじばしゃ》の通《とお》った跡《あと》だ
こんなボコボコの通《とお》りだ
跡《あと》なんてわかりっこない
現場《げんば》へ向《む》かう車輪《しゃりん》の跡《あと》が見《み》える

車輪《しゃりん》の幅《はば》が狭《せま》い…自家用《じかよう》の馬車《ばしゃ》ではなく辻馬車《つじばしゃ》だ
地面《じめん》にめり込《こ》んでいる雨《あめ》が降《ふ》り地面《じめん》がぬかるんだ後《あと》に走《はし》ったんだ
昨晩《さくばん》雨《あめ》は何時頃《なんじごろ》に降《ふ》った？
たしか…夜中《よなか》の１時頃《じごろ》に降《ふ》り出《だ》したと思《おも》うよ
ひづめの跡《あと》が無数《むすう》にある…ここに馬車《ばしゃ》は止《と》まっていたんだ
雨《あめ》が降《ふ》ってからここに来《き》たってことだね

ぐちゃ
ぐちゃ
どういうことだ!
またしても警察官《けいさつかん》の足跡《あしあと》だらけじゃないか!
わざわざここで行進《こうしん》の練習《れんしゅう》でもしたのか?
まったく…警察官《けいさつかん》は4名《めい》か…
ん?これが最初《さいしょ》の足跡《あしあと》か?
四角《しかく》いつま先《さき》と革靴《かわぐつ》か…二人《ふたり》で並《なら》んで歩《ある》いている
四角《しかく》いつま先《さき》は水《みず》たまりをまたいでいる
背《せ》が高《たか》いな
革靴《かわぐつ》は水《みず》たまりをよけているが足跡《あしあと》がおぼつかない…酔《よ》ってたのか?

外《そと》は十分《じゅうぶん》だ現場《げんば》を見《み》させてくれ
イーノック・ドレバーポケットに名刺《めいし》が入《はい》っていた
遺体《いたい》はまったく動《うご》かしていないな?
最初《さいしょ》の調査《ちょうさ》に必要《ひつよう》な程度《ていど》には動《うご》かしたがな
怒るなよ
この靴《くつ》を見《み》ろ!足跡《あしあと》の革靴《かわぐつ》だ

部屋《へや》に争《あらそ》った形跡《けいせき》はないけど…四角《しかく》いつま先《さき》の跡《あと》がたくさんある
恐怖《きょうふ》に歪《ゆが》んだ表情《ひょうじょう》をしてる
ホームズ！遺体《いたい》の横《よこ》！
それ…血痕《けっこん》じゃないか？
遺体《いたい》に出血《しゅっけつ》の痕《あと》はない
なら、この血《ち》は第二《だいに》の人物《じんぶつ》のものだ
もしこれが殺人《さつじん》なら…
間違《まちが》いなく殺人事件《さつじんじけん》だよ

むっ
あんたは？
トバイアス・グレッグソン…
よろしく…シャーロック・ホームズ君《くん》
トバイアス・グレッグソン警部《けいぶ》
ロンドン警視庁《けいしちょう》の警部《けいぶ》
どうして殺人《さつじん》だと言《い》い切《き》れるんだグレッグソン？
恐怖《きょうふ》の表情《ひょうじょう》だ！
自分《じぶん》が殺《ころ》されることを悟《さと》ったから恐怖《きょうふ》を覚《おぼ》えながら死《し》んだんだ
死体《したい》に外傷《がいしょう》はなかったが…
ほう？
やるな

そっか！心臓麻痺《しんぞうまひ》とか突発的《とっぱつてき》な自然死《しぜんし》なら恐怖《きょうふ》の表情《ひょうじょう》が浮《う》かぶことはありえないね
なら、死因《しいん》はわかったっていうのか？
毒殺《どくさつ》だ
確認《かくにん》してくれワトソン
かすかに酸《す》っぱい臭《にお》いがします毒《どく》にまちがいありません
くんっ

なら…わざわざここに来《き》て自殺《じさつ》したのか？
遺体《いたい》の表情《ひょうじょう》を見《み》てみろ。自殺《じさつ》なら恐怖《きょうふ》など浮《う》かぶわけがない
無理矢理《むりやり》に…毒《どく》を飲《の》まされたんだ
諸君《しょくん》
こちらへ来《き》てくれ
くいっ
これを見《み》てくれ

RACHE
RACHE…どういう意味《いみ》だろう？
わかった！レイチェル（Rachel）と女性《じょせい》の名前《なまえ》を書《か》こうとしたんだ
君《きみ》は何《なん》でも女性《じょせい》に結《むす》びつけるな
グレッグソン警部《けいぶ》…あなたはここを調《しら》べて壁《かべ》の落書《らくが》きが新《あたら》しいことに気《き》づいた
じっ
床《ゆか》の血痕《けっこん》と血《ち》の落書《らくが》き
これを先《さき》に知《し》っていたから他殺《たさつ》だと言《い》ったんだろ？
RAC

フ…警察《けいさつ》の仕事《しごと》は君《きみ》のようなクイズごっことは違《ちが》う
キラーン☆
捜査《そうさ》は経験《けいけん》とデータだ
捜査《そうさ》がデータというなら…
!!
この事件《じけん》の容疑者《ようぎしゃ》は身長《しんちょう》が6フィート以上《いじょう》の壮年《そうねん》の男《おとこ》
つま先《さき》が角張《かくば》った靴《くつ》を履《は》いているということぐらいわかってるんだよな
ええ？もうそんなことがわかったの？
とっくに検証済《けんしょうず》みです！

遺体《いたい》は安置所《あんちじょ》へ運《はこ》んでくれ
ビシッ
はっ！
ここではこれ以上《いじょう》見《み》つけられるモノはないだろう
コロン…
指輪《ゆびわ》…
これは女性《じょせい》の結婚指輪《けっこんゆびわ》だ
へ～これ以上《いじょう》見《み》つけられるモノはないだって～？
ムカッ

むう
女性《じょせい》の指輪《ゆびわ》だって？ということは？
この現場《げんば》の第一発見者《だいいちはっけんしゃ》は君《きみ》か？
はい！ジョン・ランセといいます
ジョン・ランセ
巡査官《じゅんさかん》。ドレバーの死体《したい》の第一発見者《だいいちはっけんしゃ》
現場《げんば》を発見《はっけん》したとき通《とお》りには誰《だれ》もいなかったか？
そういえば…
背《せ》の高《たか》い酔《よ》っぱらいが一人《ひとり》だけいました
ウィ〜

どんな人間《にんげん》だ？顔《かお》や服装《ふくそう》は覚《おぼ》えてるのか？
いえ…遺体《いたい》を見《み》つけてバタバタしてたので酔《よ》っぱらいなんて気《き》にしませんでした
ランセ巡査官《じゅんさかん》君《きみ》はクビだ
今《いま》すぐ出《で》て行《い》きたまえ
えっ
私《わたし》が何《なに》をしました？
いいところに気《き》づいたなグレッグソン警部《けいぶ》

その酔《よ》っぱらいがこの事件《じけん》の容疑者《ようぎしゃ》なんだよ
へえ〜
でもどうして？
犯人《はんにん》が現場《げんば》へ戻《もど》ってくる必要《ひつよう》なんてないだろ？
指輪《ゆびわ》さ
この指輪《ゆびわ》を取《と》りに戻《もど》ってきたんだ
キラッ
ホームズ君《くん》…
ボクの先に言うなよっ
ぐっ

君《きみ》は非常《ひじょう》に頭《あたま》が切《き》れる…けれどもしょせんは経験《けいけん》を積《つ》んだ我々《われわれ》には敵《かな》わないさ
バチ バチ
RACHEはドイツ語《ご》で『復《ふく》しゅう』だ
レイチェルさんを探《さが》して時間《じかん》を無駄《むだ》にするなよグレッグソン
バチ バチ
こわい…

第《だい》2章《しょう》 広告《こうこく》への来訪者《らいほうしゃ》

「あ～腹《はら》がたつ！　グレッグソンのやつ、何《なに》が経験《けいけん》を積《つ》んだ我々《われわれ》には敵《かな》わないだと？　奥《おく》の部屋《へや》にいたのだって、本当《ほんとう》は死体《したい》が怖《こわ》くて隠《かく》れてたに違《ちが》いない！　だいたいなんだ、あのきざったらしい口調《くちょう》は！　お前《まえ》はどれだけ偉《えら》いっていうんだ……」

ベイカー街《がい》へ向《む》かう馬車《ばしゃ》の中《なか》でホームズはグレッグソンへの罵詈雑言《ばりぞうごん》※を途切《とぎ》れることなく延々《えんえん》とまくし立《た》てた。ワトソンは、よくここまで次《つぎ》から次《つぎ》へと悪口《わるぐち》のバリエーションを述《の》べ続《つづ》けられるものだと感心《かんしん》した。

「ねえ、ホームズ。グレッグソン警部《けいぶ》の悪口《わるぐち》は、それくらいにしてさ…何《なん》で犯人《はんにん》の身長《しんちょう》がわかったの？」

「簡単《かんたん》なことだ！　そんなことも気《き》がつかなかったのか？　君《きみ》の目《め》は節穴《ふしあな》だな！　いや、そもそも頭《あたま》の中《なか》がごちゃごちゃだからいけないんだ！　女《おんな》のことばかり考《かんが》えてるからだぞ！」

あぁ…聞《き》くんじゃなかった、とワトソンは後悔《こうかい》した。

「とはいえ、君《きみ》ではいつまでたってもわからないだろうから教《おし》えてやろう。あの壁《かべ》の文字《もじ》

※罵詈雑言《ばりぞうごん》＝悪口《わるぐち》を言《い》ってののしること

『RACHE』を見《み》ただろ?　あの文字《もじ》はどれくらいの高《たか》さに書《か》かれていた?」

「ええ〜と、確《たし》か…君《きみ》の目《め》の高《たか》さくらいだったと…」

その通《とお》り、とホームズは笑《え》みを浮《う》かべた。

「僕《ぼく》の身長《しんちょう》は6フィート※ちょっとだ。人《ひと》が黒板《こくばん》などに文字《もじ》を書《か》くときは本能的《ほんのうてき》に目《め》の高《たか》さよりも少《すこ》し高《たか》い位置《いち》に書《か》くものなんだ」

「てことは、君《きみ》より少《すこ》し背《せ》が低《ひく》いくらいの人物《じんぶつ》!　それで6フィートと言《い》ったのか」

ワトソンは感心《かんしん》しながら「それじゃ年齢《ねんれい》は?」と次《つぎ》の質問《しつもん》を投《な》げた。

「つま先《さき》の四角《しかく》い足跡《あしあと》は水《みず》たまりをまたい

※6フィート=約《やく》1.8メートル

でいただろ？」

「あ、そうだった。それで革靴《かわぐつ》のほうの足跡《あしあと》は水《みず》たまりをよけていたよね」

「あの水《みず》たまりは4※フィート半《はん》だった。その距離《きょり》を普通《ふつう》にまたぐのは老人《ろうじん》には難《むずか》しいだろ」

「だから壮年《そうねん》…働《はたら》き盛《ざか》りの年《とし》ってわけか。君《きみ》の推理《すいり》には科学者《かがくしゃ》も敵《かな》わないね」

ほめられるとホームズは少《すこ》し恥《は》ずかしそうに顔《かお》を背《そむ》け「そんなことはないさ…」とつぶやいた。

「それにしても謎《なぞ》だらけの事件《じけん》だよね。どうやって二人《ふたり》の男《おとこ》が空《あ》き家《や》に入《はい》ったのか？　男《おとこ》たちを乗《の》せてきた馬車《ばしゃ》の御者《ぎょしゃ》はどうしたのか？　どうやって無理矢理《むりやり》に毒薬《どくやく》を飲《の》ませることができたのか？　どこから血《ち》がでたのか？　女性《じょせい》の結婚指輪《けっこんゆびわ》が落《お》ちていたのはなぜか？　犯人《はんにん》の目的《もくてき》は？　何《なん》で『ＲＡＣＨＥ』なんて文字《もじ》を書《か》いていったのか？　あ〜もう頭《あたま》がクラクラしてきたよ〜」

アハハハ、とホームズは笑《わら》った。

「ワトソン、君《きみ》は事件《じけん》の問題点《もんだいてん》だけを実《じつ》に見事《みごと》にまとめてくれたね」

「だいたいさ、何《なん》で『ＲＡＣＨＥ』がレイチェルという女性《じょせい》の名前《なまえ》を書《か》いている途中《とちゅう》じゃ

※4フィート半《はん》＝約《やく》1．37メートル

なくて、ドイツ語《ご》の『復《ふく》しゅう』を表《あらわ》しているなんて考《かんが》えられるの？　まったく意味《いみ》がわからないよ」

「数年前《すうねんまえ》にアメリカのニューヨークで起《お》きた事件《じけん》のことを知《し》ってるかい？」

ワトソンは何《なん》のことだか、さっぱりわからず、首《くび》を横《よこ》にふった。

ホームズによるとニューヨークでドイツ人《じん》が殺《ころ》され、死体《したい》の上《うえ》に『RACHE』と書《か》かれていた事件《じけん》があったのだという。

当時《とうじ》の新聞《しんぶん》では、その事件《じけん》は秘密結《ひみつけっ》社《しゃ》のしわざに違《ちが》いないと連日話題《れんじつわだい》に上《のぼ》り、ニューヨーク中《じゅう》が恐怖《きょうふ》に震《ふる》えたのだという。

「よくもまぁ…そんな外国《がいこく》の事件《じけん》を覚《おぼ》えているね」

ホームズは「太陽《たいよう》の下《した》に新《あたら》しいものは何《なに》ひとつないという聖書《せいしょ》の言葉《ことば》を知《し》ってるかい？」と問《と》いかけた。

「新《あたら》しいことだけじゃなくて、過去《かこ》をふり返《かえ》ることで現在《げんざい》を知《し》ることができるということわざだろ」

「新《あたら》しい事件《じけん》と向《む》き合《あ》うときは、過去《かこ》の様々《さまざま》な事件《じけん》と照《て》らし合《あ》わせ、そこか

ら新《あたら》しい見解《けんかい》を得《え》て事件《じけん》を切《き》り開《ひら》くことができると思《おも》っている」

だから恋愛小説《れんあいしょうせつ》なんて興味《きょうみ》がないのさ、と皮肉《ひにく》交《ま》じりの笑《え》みをワトソンに投《な》げた。

「もしかして…もう犯人《はんにん》の見当《けんとう》がついているのかい？」

「アハハ…さすがにそれは無理《むり》だよ。だからさ、電報局《でんぽうきょく》に寄《よ》っていこうじゃないか」

電報局《でんぽうきょく》を見《み》つけホームズは御者《ぎょしゃ》に馬車《ばしゃ》を停《と》めるよう言《い》った。

「どこに電報《でんぽう》を打《う》つんだい？」

ホームズはポケットから一枚《いちまい》の名刺《めいし》を取《と》り出《だ》した。

「アメリカのクリーブランド※警察《けいさつ》さ」

「あ〜！　ドレバーの名刺《めいし》を盗《ぬす》んできたの？」

何枚《なんまい》もあったから一枚《いちまい》ぐらい、どうってことないさ、とホームズは知《し》らん顔《かお》だ。

「殺人現場《さつじんげんば》には結婚指輪《けっこんゆびわ》が落《お》ちていたんだ。ただの指輪《ゆびわ》じゃない、結婚指輪《けっこんゆびわ》だ。だからドレバーの結婚《けっこん》に関《かん》することを聞《き》いておこうと思《おも》ってね」

「そんなことレストレード警部《けいぶ》に聞《き》けばいいじゃないか」

「アイツはグレッグソンにこき使《つか》われてるから、結婚《けっこん》のことまで頭《あたま》が回《まわ》らないだろう。自《じ》

※アメリカ北東部《ほくとうぶ》にあるオハイオ州《しゅう》の都市《とし》（P.172参照《さんしょう》）

分《ぶん》で聞《き》きたいことを尋《たず》ねるほうが早《はや》いさ」

電報《でんぽう》を打《う》ち終《お》えホームズは待《ま》たせていた馬車《ばしゃ》に先《さき》に乗《の》り込《こ》み「僕《ぼく》はまだやらなくちゃいけないことがある。ここからベイカー街《がい》は、そんなに遠《とお》くないだろ？　先《さき》に歩《ある》いて帰《かえ》っていてくれ」と、後《あと》から乗《の》り込《こ》もうとするワトソンを制《せい》した。

「え〜!?」不満顔《ふまんがお》のワトソンに「ターナー夫人《ふじん》の犬《いぬ》の様子《ようす》を診《み》ることができるのは君《きみ》しかいないだろ？」と言《い》い残《のこ》して馬車《ばしゃ》は走《はし》り出《だ》した。

前《まえ》にも置《お》き去《ざ》りにされたことあったよな…。

ワトソンは事件《じけん》への興味《きょうみ》と医師《いし》としての使命《しめい》のはざまで、ため息《いき》をつくことしかできなかった。


翌朝《よくあさ》の新聞《しんぶん》は『ローリストン・ガーデンの事件《じけん》』の記事《きじ》でいっぱいだった。どの新聞《しんぶん》も、事件《じけん》を詳細《しょうさい》に報道《ほうどう》している。中《なか》にはグレッグソン警部《けいぶ》のインタビューまで載《の》せているものもあった。

「なんだいこれ？　どれもこれも政治犯《せいじはん》と断定《だんてい》しているじゃないか！」

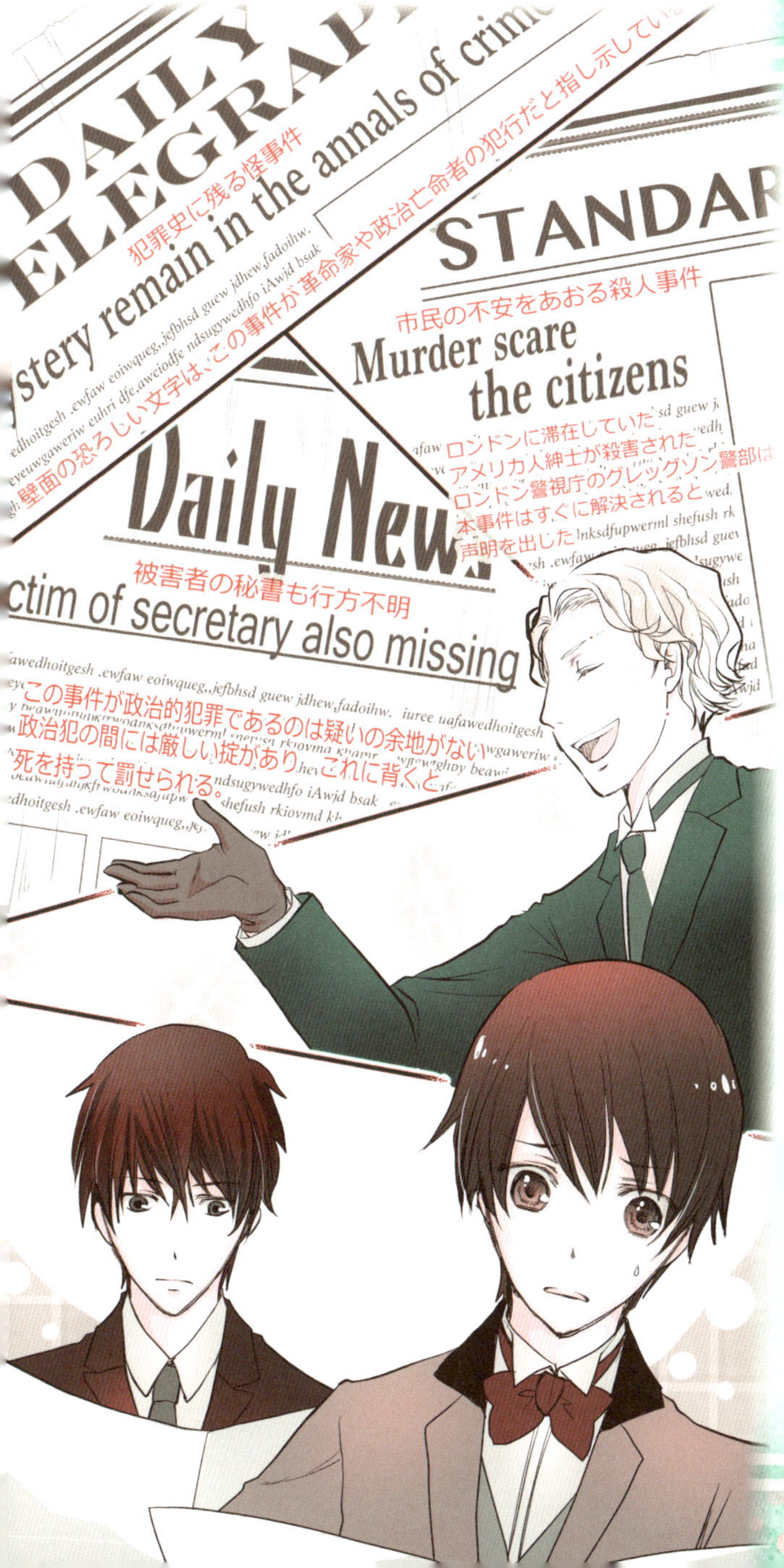

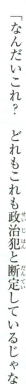

新聞記事《しんぶんきじ》を見《み》るなりワトソンは不平《ふへい》をこぼした。

「気《き》にすることはない。かえって僕《ぼく》らに都合《つごう》がよいさ」

「何《なん》でさ？　この新聞《しんぶん》なんてグレッグソン警部《けいぶ》が犯人《はんにん》の特徴《とくちょう》を言《い》ってるよ。これって君《きみ》が言《い》ったことじゃないか！　頭《あたま》にこないの？」

もちろん、とホームズはほくそ笑《え》んだ。

「現場《げんば》に落《お》ちていた結婚指輪《けっこんゆびわ》のことは、どの新聞《しんぶん》も書《か》いてない」

何《なん》でそれが好都合《こうつごう》なの？　とワトソンはさっぱりわからない。

「昨日《きのう》僕《ぼく》は君《きみ》を残《のこ》して出《で》かけただろ？　あの後《あと》、僕《ぼく》は新聞社《しんぶんしゃ》をまわって、今朝《けさ》の新聞全紙《しんぶんぜんし》に広告《こうこく》を手配《てはい》したんだ」

「何《なん》で君《きみ》が自《みずか》らそんなことをしたの？　いつもなら僕《ぼく》に押《お》しつけて、一時間以内《いちじかんいない》に全新聞社《ぜんしんぶんしゃ》をまわれ！　とか言《い》うのに？」

ワトソンは疑問《ぎもん》に思《おも》いながら新聞《しんぶん》の広告欄《こうこくらん》を探《さが》した。

「あ、これかな？」
※拾得物広告欄《しゅうとくぶつこうこくらん》の一番最初《いちばんさいしょ》に次《つぎ》のような広告《こうこく》が出《で》ていた。

※P.172参照《さんしょう》

ブリクストン通《どお》りで結婚指輪《けっこんゆびわ》を拾得《しゅうとく》

昨日《さくじつ》、ブリクストン通《どお》りのホワイト・ハート酒場《さかば》とホランド・グローブの間《あいだ》の路上《ろじょう》で金《きん》の結《けっ》婚指輪《こんゆびわ》を発見《はっけん》。午前《ごぜん》9時《じ》から10時《じ》までの間《あいだ》にベイカー街《がい》※221Bジョン・H・ワトソン医師《いし》まで申《もう》し出《で》てください。

「僕《ぼく》の名前《なまえ》じゃないか～！」

「しかたないだろ？　僕《ぼく》の名前《なまえ》を出《だ》したら、今《いま》まで解決《かいけつ》してきた事件《じけん》の犯人《はんにん》とかが感《かん》づいて余計《よけい》な邪魔《じゃま》をしてくるかもしれないだろ？」

「そうかもしれないけど…」ワトソンは、だからホームズが新聞社巡《しんぶんしゃめぐ》りを頼《たの》まなかったのだと悟《さと》った。

※ホームズとワトソンが下宿《げしゅく》している部屋《へや》

「でもさぁ…もし誰《だれ》かが問《と》い合《あ》わせてきても僕《ぼく》たちは指輪《ゆびわ》なんか持《も》ってないじゃないか?」

いや持《も》ってるよ、と言《い》ってホームズは金《きん》の結婚指輪《けっこんゆびわ》をワトソンに手渡《てわた》した。

「ホームズ…この指輪《ゆびわ》…どこから持《も》ってきたの?」

「現場《げんば》からに決《き》まってるじゃないか。今頃《いまごろ》グレッグソンのヤツ慌《あわ》ててるに違《ちが》いない」

「ホームズ…やばいって! レストレード警部《けいぶ》に話《はな》して、こっそり返《かえ》そうよ!」

「嘘《うそ》だって」とホームズは微笑《ほほえ》んだ。「いくら僕《ぼく》でも証拠品《しょうこひん》を盗《ぬす》むわけないだろ?」

しかしワトソンは本当《ほんとう》に嘘《うそ》かどうか信用《しんよう》できなかった。

「6フィートの男《おとこ》は絶対《ぜったい》ここへ来《く》る。自分《じぶん》で来《こ》ないにしても共犯者《きょうはんしゃ》をよこすにきまってる」

「どうして言《い》い切《き》れるの?」

「考《かんが》えてもみろ。そいつは、その指輪《ゆびわ》のために現場《げんば》に引《ひ》き返《かえ》してきたんだ。指輪《ゆびわ》を取《と》り返《かえ》すために、どんな危険《きけん》でもおかすさ」

ホームズはひとつの仮説《かせつ》を話《はな》しはじめた。

「6フィートの男《おとこ》は現場《げんば》を離《はな》れてから指輪《ゆびわ》をなくしたことに気《き》がついたんだと思《おも》う。慌《あわ》てて部屋《へや》に戻《もど》ろうとしたがランセ巡査《じゅんさ》がいたから戻《もど》れない。しかも巡査《じゅんさ》が近《ちか》づいてくる。そこで巡査《じゅんさ》に怪《あや》しまれないように酔《よ》っぱらいのふりをしてごまかした」

「君《きみ》の言《い》うとおりだと思《おも》うよ」とワトソンはうなずいた。

ホームズは得意《とくい》げに目《め》を輝《かがや》かせ「でも犯人《はんにん》はこうも考《かんが》えないだろうか？」と続《つづ》けた。

「指輪《ゆびわ》は部屋《へや》の中《なか》ではなく家《いえ》を出《で》てから落《お》としたのかもしれない」

そうか！　ワトソンは指《ゆび》をパチンとならした。

「もし道《みち》で落《お》としたのなら、親切《しんせつ》な人《ひと》が拾得物《しゅうとくぶつ》広告《こうこく》を出《だ》してくれるかもしれない！」

ホームズは興奮《こうふん》気味《ぎみ》に続《つづ》けた。

「ヤツは必死《ひっし》に新聞《しんぶん》を読《よ》むだろう。そして、この広告《こうこく》が目《め》にとまる！」

「犯人《はんにん》は大喜《おおよろこ》びだね！」ワトソンもつられて興奮《こうふん》した。が、「でも…罠《わな》だと思《おも》わないかな？」

と表情《ひょうじょう》を曇《くも》らせた。

「それはない！　拾《ひろ》った指輪《ゆびわ》を殺人事件《さつじんじけん》の証拠《しょうこ》と考《かんが》える人間《にんげん》なんて、僕《ぼく》たち以外《いがい》にいると思《おも》うか？」

そりゃ、普通《ふつう》は考《かんが》えないよね、とワトソンは苦笑《にがわら》い。

「だから来《く》る！　ヤツは必《かなら》ず来《く》る！」

ホームズの気迫《きはく》に満《み》ちた表情《ひょうじょう》を見《み》て、ワトソンは、ふと寂《さび》しく感《かん》じた。

「ホームズ…君《きみ》はどうしてそこまで事件《じけん》にストイックでいられるの？」

ホームズは穏《おだ》やかに語《かた》り出《だ》した。

「人《ひと》の一生《いっしょう》…人生《じんせい》って透明《とうめい》な糸《いと》かせのようなものだと思《おも》うんだ」

「糸《いと》かせ…って、糸《いと》とか毛糸《けいと》とかを、ぐるぐる巻《ま》いて束《たば》にしたもののこと？」

「そうさ…その無色透明《むしょくとうめい》な糸《いと》の束《たば》の中《なか》に、殺人《さつじん》という、真《ま》っ赤《か》な糸《いと》が交《ま》ざって巻《ま》かれているんだ。その束《たば》の中《なか》から切《き》れたり、絡《から》んだりしないように、真《ま》っ赤《か》な糸《いと》を解《と》きほぐして、端《はじ》から端《はじ》までさらけだして明《あき》らかにすることが僕《ぼく》の…いや、僕《ぼく》たちのするべきことなんだ」

「真《ま》っ赤《か》な糸《いと》…さしずめ、緋色《ひいろ》の研究《けんきゅう》…ってとこかな」

「うまいこと言《い》うね…ワトソン」

ホームズの微笑《ほほえ》みにワトソンも笑《え》顔《がお》でこたえた。

ホームズが殺人事件《さつじんじけん》という赤《あか》い糸《いと》を解明《かいめい》するのなら、僕《ぼく》は病気《びょうき》という赤《あか》い糸《いと》を取《と》り除《のぞ》く。ワトソンはホームズとの共通点《きょうつうてん》に喜《よろこ》びを感《かん》じた。

そのとき、玄関《げんかん》のベルが響《ひび》き、ハドソン夫人《ふじん》が来客《らいきゃく》を出迎《でむか》える声《こえ》がホームズたちのいる居間《いま》まで届《とど》いた。

「うそっ！　もう来《き》たの？　早《はや》すぎない？　ねえ、犯人《はんにん》に会《あ》ったら僕《ぼく》はどうすればいいの？」ワトソンはひとりパニックを起《お》こしはじめた。

「君《きみ》は適当《てきとう》に話《はなし》を合《あ》わせてくれれば

いい。あとは僕《ぼく》がヤツを捕《つか》まえる。ところで銃《じゅう》は持《も》ってるか？」

そんなもの普段《ふだん》は持《も》ち歩《ある》かないよ～とワトソンは情《なさ》けない声《こえ》を上《あ》げた。

「ちいっ！」ホームズは眉間《みけん》にシワを寄《よ》せる。

階段《かいだん》を上《あ》がる足音《あしおと》が響《ひび》き、居間《いま》のドアがノックされた。

「ど、ど、ど…どうぞ…」

ワトソンが緊張《きんちょう》でうわずった声《こえ》をかける。

ドアが開《ひら》くと、電報《でんぽう》の配達夫《はいたつふ》が現《あらわ》れ「ホームズさん、電報《でんぽう》です」と言《い》った。

ワトソンは、電報《でんぽう》か～、と一気《いっき》に安心《あんしん》し、イスに沈《しず》み込《こ》んだ。

ホームズは電報《でんぽう》を受《う》け取《と》るやいなや「クリーブランド警察《けいさつ》からの返事《へんじ》だ」と声《こえ》を弾《はず》ませ封《ふう》を開《あ》けた。

「イーノック・ドレバーはアメリカで結婚《けっこん》しているが、奥《おく》さんを病気《びょうき》ですぐに亡《な》くしている。おっ、これはすごいぞ。ドレバーはジェファーソン・ホープという恋敵《こいがたき》に対《たい》して保護《ほご》※申《もう》し立《た》てをしている。しかも、このホープという男《おとこ》は現在《げんざい》ヨーロッパへ渡《わた》ってきているそうだ」

※P.172参照《さんしょう》

「保護《ほご》の申《もう》し立《た》てなんて、よっぽどのことだ。でも、今回《こんかい》の事件《じけん》と関係《かんけい》あるのかな？」

そんなことより、とホームズは声《こえ》を荒《あら》らげ「今《いま》のうちに銃《じゅう》を用意《ようい》しろ！　犯人《はんにん》は自暴自《じぼうじ》棄《き》になるかもしれないから、あらゆる事態《じたい》に備《そな》えておくんだ」と促《うなが》した。※

ワトソンは寝室《しんしつ》で軍用銃《ぐんようじゅう》に弾《たま》を込《こ》めながら時計《とけい》に目《め》をやると9時《じ》をまわったところだった。そろそろ犯人《はんにん》が来《く》るかもしれないと思《おも》うと緊張《きんちょう》でのどがひりついた。

再《ふたた》び玄関《げんかん》のベルが激《はげ》しく鳴《な》った。

ホームズは居間《いま》のドアを音《おと》を立《た》てずに、わずかに開《あ》けた。

ハドソン夫人《ふじん》が玄関《げんかん》へ向《む》かう足音《あしおと》が聞《き》こえ、続《つづ》いて玄関《げんかん》のトビラを開《あ》ける音《おと》が、ガチャと響《ひび》いた。

「ワトソン先生《せんせい》のお住《す》まいはこちらでしょうか？」

妙《みょう》に耳障《みみざわ》りなハスキーボイスが聞《き》こえ、そして階段《かいだん》がきしむ音《おと》がした。足音《あしおと》はよろよろしたものだ。とても働《はたら》き盛《ざか》りの男性《だんせい》の足音《あしおと》ではない。

その引《ひ》きずるような足音《あしおと》を聞《き》き、意外《いがい》に思《おも》ったホームズは眉《まゆ》をひそめた。

足音《あしおと》はゆっくりと近《ちか》づき、そして弱々《よわよわ》しくトビラがノックされ、「どうぞ」ワトソンが応《おう》

※自暴自棄《じぼうじき》＝希望《きぼう》を失《うしな》って、やけくそになること

じた。

トビラがゆっくりと開《ひら》く。ワトソンは見《み》るからに凶悪《きょうあく》な殺人鬼《さつじんき》が現《あらわ》れると思《おも》い、ポケットの中《なか》に忍《しの》ばせた銃《じゅう》のグリップを握《にぎ》りしめた。

しかし、入《はい》ってきたのは、ひどく年《とし》をとった、シワの多《おお》い老婆《ろうば》だった。

ワトソンがホームズをちらりと見《み》る。ホームズは失望《しつぼう》を隠《かく》すかのように不機嫌《ふきげん》を絵《え》に描《か》いたような

表情《ひょうじょう》をしていた。
老婆《ろうば》は新聞《しんぶん》を取《と》り出《だ》し、例《れい》の結婚指輪《けっこんゆびわ》の拾得物広告《しゅうとくぶつこうこく》を指《ゆび》さして「ワトソン先生《せんせい》はどちらですか？　私《わたし》はこの指輪《ゆびわ》の件《けん》でうかがいました」と小《ちい》さくおじぎをした。
「私《わたし》が医師《いし》のワトソンです。失礼《しつれい》ですがお名前《なまえ》を聞《き》かせていただけますか？」
老婆《ろうば》はソーヤと名乗《なの》った。

ソーヤは、ブリクストンロードでなくした金《きん》の結婚指輪《けっこんゆびわ》は娘《むすめ》のサリーのものだと話《はな》しはじめた。娘《むすめ》はピカデリー※・サーカスからの帰《かえ》りに落《お》としたのだという。

「あなたのご住所《じゅうしょ》は？」ワトソンはメモの準備《じゅんび》をして尋《たず》ねた。

「ハウンズディッチのダンカン街《がい》13番《ばん》です」

※ロンドン中心部《ちゅうしんぶ》にある広場《ひろば》

ハウンズディッチはベイカー街《がい》から東《ひがし》に※4マイルほど離《はな》れた地区《ちく》になる。

「ずいぶんと遠《とお》くから来《こ》られたのですね。大変《たいへん》でしたでしょう？」とワトソンは老《ろう》婆《ば》の嘘《うそ》に合《あ》わせて芝居《しばい》をうった。

そのときホームズが鋭《するど》い声《こえ》をかけた。

「ピカデリー・サーカスからハウンズディッチに帰《かえ》るなら　ブリクストンロードは通《とお》らないが？」

ピカデリー・サーカスからハウンズディッチは東西《とうざい》に位置《いち》しているが、ブリクストンロードはピカデリー・サーカスの南側《みなみがわ》に当《あ》たる。しかしブリクストンロードはハウンズディッチの南西約《なんせいやく》4マイルの場所《ばしょ》となる。ブリクストンロードを通《とお》ってハウンズディッチに帰《かえ》ることは、ものすごく遠回《とおまわ》りになってしまう。

老婆《ろうば》はハウンズディッチは自分《じぶん》の住《す》む場所《ばしょ》で娘《むすめ》はベッカムに住《す》んでいると答《こた》えた。

※4マイル＝約《やく》6.4キロメートル

ベッカムはブリクストンロードの東《ひがし》に約《やく》2マイル※の地区《ちく》だ。帰《かえ》り道《みち》としてのつじつまは合《あ》っている。

※2マイル＝約《やく》3.2キロメートル

ホームズが合図《あいず》を出《だ》したので「指輪《ゆびわ》をどうぞ、ソーヤさん。この指輪《ゆびわ》は娘《むすめ》さんのものですね。落《お》とし主《ぬし》へ返《かえ》せて私《わたし》も安心《あんしん》しましたよ」とワトソンは指輪《ゆびわ》を手渡《てわた》した。

老婆《ろうば》は丁寧《ていねい》に礼《れい》を述《の》べて指輪《ゆびわ》を大切《たいせつ》にポケットへおさめ、足《あし》を引《ひ》きずりながら、ゆっくりと部屋《へや》から出《で》て行《い》った。

階段《かいだん》のきしむ音《おと》がゆっくりと遠《とお》ざかっていき、玄関《げんかん》のトビラが閉《し》まると同時《どうじ》に、ホームズはイスから立《た》ち上《あ》がった。

「ど、どうしたの、ホームズ⁉」

「婆《ばあ》さんの後《あと》を追《お》う！」

ホームズは自分《じぶん》の部屋《へや》へ飛《と》び込《こ》み、コートとマフラーに身《み》を包《つつ》んだ。

「あの婆《ばあ》さんは共犯者《きょうはんしゃ》だ！　この後《あと》、犯人《はんにん》と接触《せっしょく》するに決《き》まっている！」

「僕《ぼく》の帰《かえ》りを待《ま》ってろ！」と怒鳴《どな》りつけ、ホームズは階段《かいだん》を駆《か》け下《お》りた。

ホームズは通《とお》りに飛《と》び出《だ》し、さっと辺《あた》りを見渡《みわた》す。すると通《とお》りに停《と》まっていた馬車《ばしゃ》に乗《の》り込《こ》もうとする老《ろう》婆《ば》の姿《すがた》をとらえた。

「ハウンズディッチのダンカン街《がい》の13番《ばん》まで」老婆《ろうば》は通《とお》りの反対側《はんたいがわ》まで聞《き》こえるような大声《おおごえ》で言《い》った。

あの婆《ばあ》さん、本当《ほんとう》にハウンズディッチに住《す》んでるのか？　いや、そこが待《ま》ち合《あ》わせ場所《ばしょ》なのかもしれない、とホームズは他《ほか》の馬車《ばしゃ》を探《さが》した。

老婆《ろうば》を乗《の》せた馬車《ばしゃ》が走《はし》り出《だ》したとき、客待《きゃくま》ちの辻馬車《つじばしゃ》を見《み》つけホームズは飛《と》び乗《の》った。

「あの馬車《ばしゃ》を追《お》いかけて！」

御者《ぎょしゃ》は老婆《ろうば》を乗《の》せた馬車《ばしゃ》から一定《いってい》の距離《きょり》を取《と》って後《あと》を駆《か》けた。

馬車《ばしゃ》は石畳《いしだたみ》の通《とお》りをガタガタと揺《ゆ》れながら、どこにも停《と》まることなくハウンズディッチへと向《む》かった。その間《あいだ》ホームズは老婆《ろうば》の馬車《ばしゃ》から目《め》をそらすことはなかった。

やがて馬車《ばしゃ》は目的地《もくてきち》に着《つ》いた。ホームズも馬車《ばしゃ》を停《と》め、運賃《うんちん》を支払《しはら》った。

そして辺《あた》りを行《い》く人々《ひとびと》と同《おな》じように、そしらぬ感《かん》じで老婆《ろうば》の馬車《ばしゃ》へと近《ちか》づいた。

しかし、馬車《ばしゃ》から老婆《ろうば》は降《お》りてこない。

ホームズは通《とお》りを何気《なにげ》なくぶらぶらしているフリをして老婆《ろうば》が降《お》りるのを待《ま》ったが、いっこうに老婆《ろうば》は降《お》りてこない。

すると、御者《ぎょしゃ》が降《お》りてきて大騒《おおさわ》ぎを始《はじ》めた。

「なんてこった！　客《きゃく》が消《き》えちまった⁉」

何《なん》だと？　ホームズは慌《あわ》てて馬車《ばしゃ》に駆《か》け寄《よ》り、のぞき込《こ》むと車内《しゃない》は空《から》っぽだった。

そこには老婆《ろうば》の痕跡《こんせき》も手《て》がかりも何一《なにひと》つなかった。

信《しん》じられないことに、足《あし》を引《ひ》きずるように歩《ある》いていた弱々《よわよわ》しい老婆《ろうば》は、馬車《ばしゃ》が動《うご》き出《だ》してから誰《だれ》にも気《き》づかれずに飛《と》び降《お》りたのだ。

念《ねん》のためダンカン街《がい》の13番《ばん》を尋《たず》ねたが、そこはケズウィックという壁紙《かべがみ》貼《は》り職人《しょくにん》の家《いえ》だった。ケズウィックはソーヤもサリーも、そういう名《な》の人《ひと》は聞《き》いたこともないと言《い》った。

あの、婆《ばあ》さんめ～！　ホームズは唇《くちびる》をかみしめた。

老婆《ろうば》だと思《おも》い込《こ》んでいたが、変装《へんそう》だったに違《ちが》いない。実《じつ》は若《わか》くて、すばしっこく、そして優秀《ゆうしゅう》な役者《やくしゃ》だったに違《ちが》いない…。

ホームズはふと、あの女《おんな》※＝アイリーン・アドラーのことを思《おも》い出《だ》した。一流《いちりゅう》の女優《じょゆう》で、変装《へんそう》の名人《めいじん》で、そして大胆不敵《だいたんふてき》な、あの女《おんな》を…。

ホームズは、ローリストン・ガーデンの殺人事件《さつじんじけん》の犯人《はんにん》は、一人《ひとり》だけではないと確信《かくしん》した。その犯人《はんにん》のためには、いつでも危険《きけん》をおかしてくれる仲間《なかま》がいるのだ。

※シリーズ1巻目《かんめ》『キラキラ名探偵《めいたんてい》 シャーロック・ホームズ 赤毛組合《あかげくみあい》』事件《じけん》ファイル3「ボヘミア王《おう》の醜聞《スキャンダル》」参照《さんしょう》

この僕《ぼく》がまかれるなんて…ホームズはこみ上《あ》げてくる悔《くや》しさを抑《おさ》え、気持《きも》ちを切《き》り替《か》えた。すると、ふと頬《ほお》が和《やわ》らぎ、笑《え》みが浮《う》かんだ。

フフ…この失敗《しっぱい》をレストレードに知《し》られるわけにはいかないな…。いつもレストレードをからかっているだけに、このことを知《し》ったら、いつまでもしつこく話《はなし》の種《たね》にしてくるに違《ちが》いない。あと、グレッグソンは要注意《ようちゅうい》だ。どうせ警察《けいさつ》には敵《かな》わないと偉《えら》ぶってくるに決《き》まっている。

ホームズには笑《わら》う余裕《よゆう》があった。

なぜなら、犯人《はんにん》に借《か》りを返《かえ》す自信《じしん》があるからだ。

第《だい》3章《しょう》 グレッグソン警部《けいぶ》の捜査《そうさ》

ホームズが、ワトソンにことのてんまつと老婆《ろうば》への暴言《ぼうげん》をまくし立《た》てていると221Bの玄関《げんかん》のベルがけたたましく鳴《な》り響《ひび》いた。階段《かいだん》を上《のぼ》ってくる規則正《きそくただ》しく力強《ちからづよ》い足音《あしおと》は、これまでに聞《き》いたことのないものだ。

「入《はい》るぞ、ホームズ君《くん》」威圧的《いあつてき》な声《こえ》が響《ひび》き、ノックもなく居間《いま》のドアが開《あ》けられた。入《はい》ってきたのはグレッグソン警部《けいぶ》だった。インテリっぷりを鼻《はな》にかけた、にやけた表情《ひょうじょう》にワトソンはムッとした。

「何《なに》やら一人《ひとり》でこそこそと捜査《そうさ》を続《つづ》けているらしいね、ホームズ君《くん》」

「寒《さむ》いからお茶《ちゃ》でも飲《の》みに来《き》たのか？　あいにくウチはサロンじゃないぞ」

グレッグソンはすすめてもいないのにイスに腰掛《こしか》け、偉《えら》そうに足《あし》を組《く》み「喜《よろこ》んでくれよ。我《わ》がスコットランドヤードはイーノック・ドレバー殺人事件《さつじんじけん》を解決《かいけつ》したよ」と告《つ》げた。

ホームズの顔《かお》に一瞬《いっしゅん》、不安《ふあん》の影《かげ》がよぎったのをワトソンは見逃《みのが》さなかった。

「君《きみ》も気《き》づいたとは思《おも》うが…」グレッグソンは偉《えら》そうな態度《たいど》で話《はな》し続《つづ》けた。「遺体《いたい》が見《み》つか

ったあの家《いえ》。犯人《はんにん》はあの家《いえ》に入《はい》れたんだから鍵《かぎ》を持《も》っていたはずだ。だからあの家《いえ》の鍵《かぎ》を持《も》っている人物《じんぶつ》が第一《だいいち》の容疑者《ようぎしゃ》になるだろ？」

ローリストン・ガーデンの家《いえ》は借《か》り手《て》の見《み》つからない空《あ》き家《や》だったそうだ。家主《やぬし》は数日《すうじつ》前《まえ》に客《きゃく》を案内《あんない》したが、そのとき、家《いえ》の鍵《かぎ》を紛失《ふんしつ》したのだという。しかし後日《ごじつ》、親切《しんせつ》な御者《ぎょしゃ》が馬車《ばしゃ》の席《せき》に落《お》ちていたと届《とど》けてくれたという。事件当日《じけんとうじつ》の家主《やぬし》の行動《こうどう》に怪《あや》しいものは何《なに》もなかったため、容疑者《ようぎしゃ》からは外《はず》された。

「くだらん！　事件解決《じけんかいけつ》どころか容疑者《ようぎしゃ》が一人《ひとり》減《へ》

ったただけじゃないか？」

そう慌《あわ》てるなよ、とグレッグソンは髪《かみ》をかき上《あ》げ「犯人《はんにん》は無事逮捕《ぶじたいほ》したよ」と口角《こうかく》を上《あ》げた。

ワトソンは「まさか、そんな！　犯人《はんにん》は？　犯人《はんにん》の名前《なまえ》は？」とあたふたと問《と》いかけた。

「アーサー・シャルパンティエ！　海軍《かいぐん》の士官《しかん》だ！」

ホームズは笑《え》みを浮《う》かべ「ほう…」と感嘆《かんたん》した。「君《きみ》がどういう経緯《けいい》で、その士官《しかん》を逮捕《たいほ》したのかぜひ聞《き》きたいね」

「ああ、これから全部《ぜんぶ》聞《き》かせてやるよ。その前《まえ》に、そこの助手君《じょしゅくん》」見下《みくだ》すような目《め》をしたグレッグソンに、僕《ぼく》は助手《じょしゅ》じゃないとワトソンは小声《こごえ》でぶつくさと不平《ふへい》をこぼした。「警察《けいさつ》の捜査《そうさ》の仕方《しかた》が漏《も》れるとまずいんでね、この事《こと》は絶対《ぜったい》に口外《こうがい》しないでくれよ。まず第一《だいいち》に、被害者《ひがいしゃ》のドレバーの身元《みもと》を調《しら》べるには、平凡《へいぼん》な警察官《けいさつかん》なら新聞広告《しんぶんこうこく》を利用《りよう》したり、誰《だれ》か情報提供者《じょうほうていきょうしゃ》を待《ま》ったりするだろう。だが、このトバイアス・グレッグソンはそんな仕事《しごと》のやりかたはしない！」

グレッグソンは一人興奮《ひとりこうふん》して話《はな》し続《つづ》ける。

結局《けっきょく》のところ巡査《じゅんさ》を総動員《そうどういん》して聞《き》き込《こ》みを続《つづ》け、ようやくトーキー・テラスにドレバーが下宿《げしゅく》していたシャルパンティエ家《け》を見《み》つけたのだった。

「トーキー・テラスってキャンパーウェル地区《ちく》にある街《まち》の？」と問《と》いかけるワトソンにホームズは「ブリクストン通《どお》りから1マイルも離《はな》れていない東《ひがし》の地区《ちく》…現場《げんば》のすぐ近《ちか》くだな」と答《こた》えた。

「そして私《わたし》はシャルパンティエ家《け》に捜査《そうさ》に向《む》かった」グレッグソンは得意《とくい》げに続《つづ》けた。

「下宿《げしゅく》を管理《かんり》しているのはアリスという美《うつく》しい娘《むすめ》さんだ。彼女《かのじょ》には海軍士官《かいぐんしかん》の兄《あに》のアーサーがいて、ちょうど軍《ぐん》の休暇《きゅうか》で帰《かえ》って

来《き》ていたんだ。私《わたし》が警察《けいさつ》だと告《つ》げると、アリスの顔《かお》は真《ま》っ青《さお》になり、困惑《こんわく》しているのが一目《ひとめ》でわかったよ」

グレッグソンは兄妹《きょうだい》を尋問《じんもん》して手《て》に入《い》れた情報《じょうほう》を語《かた》り始《はじ》めた。

ドレバーと秘書《ひしょ》のスタンガーソンはシャルパンティエ家《け》に3週間《しゅうかん》ほど滞在《たいざい》していた。それまで二人《ふたり》はヨーロッパを旅行《りょこう》していたらしく、かばんにはデンマークの都市《とし》※コペンハーゲンのラベルが貼《は》られていた。

スタンガーソンは物静《ものしず》かで控《ひか》えめな性格《せいかく》だったが、ドレバーは最悪《さいあく》だったらしい。その振《ふ》る舞《ま》いは粗野《そや》で乱暴《らんぼう》。い

※P.173参照《さんしょう》

つも酔《よ》っていて、女性《じょせい》を見《み》ると触《さわ》ったり下品《げひん》な言葉《ことば》をかけていて、アリスにもしょっちゅう、ちょっかいを出《だ》していたのだ。

「なんでそんなひどい事態《じたい》を我慢《がまん》していたんだろう？　嫌《いや》な下宿人《げしゅくにん》なら追《お》い出《だ》せばいいのに」ワトソンが疑問《ぎもん》を投《な》げかけた。

　グレッグソンは「二人《ふたり》は親《おや》を亡《な》くしていて、しかもアーサーは海軍《かいぐん》で家《いえ》を空《あ》けている。アリスはお金《かね》が必要《ひつよう》だったので耐《た》えていたんだよ」と答《こた》えた。

ドレバーは金払《かねばら》いは良《よ》く、二人《ふたり》で1日《にち》※1 2ポンドの家賃《やちん》を払《はら》っていたのだ。不景気《ふけいき》なのでアリスには魅力的《みりょくてき》な金額《きんがく》だった。

　しかし事件当日《じけんとうじつ》、スタンガーソンはアメリカからの電報《でんぽう》を受《う》け取《と》り、突然下宿《とつぜんげしゅく》を引《ひ》き払《はら》うことにしたのだ。二人《ふたり》は荷物《にもつ》をまとめ、ユーストン駅《えき》※2 20時《じ》15分発《ふんはつ》の列車《れっしゃ》に乗《の》るため20時《じ》に馬車《ばしゃ》で出《で》て行《い》った。

「そしてドレバーは殺《ころ》された。でも、秘書《ひしょ》のスタンガーソンはどうしたんですか？」質問《しつもん》したワトソンを「そんなに単純《たんじゅん》じゃないんだよ」とグレッグソンは制《せい》した。

　1時間《じかん》とたたずにベルが鳴《な》り、ドレバーが戻《もど》ってきたのだ。彼《かれ》はひどく酔《よ》っぱらってい

※1 2ポンド＝約《やく》4万《まん》8000円《えん》

※2 ロンドン中心部《ちゅうしんぶ》にある大《おお》きな駅《えき》（P.173参照《さんしょう》）

て部屋《へや》に上《あ》がり込《こ》み「列車《れっしゃ》に乗《の》り遅《おく》れた」と大声《おおごえ》を上《あ》げた。

アーサーはなだめようとしたが効果《こうか》はなかった。それどころかドレバーはアリスに「俺《おれ》と付《つ》き合《あ》え！　俺《おれ》には金《かね》がある。お前《まえ》が一生遊《いっしょうあそ》んで暮《く》らせるほどの大金持《おおがねも》ちだ。こんな兄《にい》さんなんか捨《す》てて、俺《おれ》と一緒《いっしょ》にくればすごい生活《せいかつ》をさせてやる」と言《い》って、いやがる彼女《かのじょ》に抱《だ》きついたのだ。

アーサーは激怒《げきど》した。

ドレバーのえり首《くび》を引《ひ》きずって玄関《げんかん》から突《つ》き飛《と》ばし「俺《おれ》の妹《いもうと》に手《て》を出《だ》すな！　ぶっ殺《ころ》すぞ！」と怒鳴《どな》りつけた。

ドレバーは慌《あわ》てて、近《ちか》くに停《と》まっていた馬車《ばしゃ》に飛《と》び乗《の》り、その場《ば》から逃《に》げ出《だ》した。

アーサーは「これでもう二度《にど》とアイツが戻《もど》ってくるとは思《おも》えないが…念《ねん》のためあとをつけてどうするか見《み》てくるよ」と言《い》い残《のこ》して通《とお》りに飛《と》び出《だ》した。

アリスは兄《あに》を心配《しんぱい》して深夜《しんや》1時頃《じごろ》まで起《お》きていたが、いつの間《ま》にか寝《ね》てしまい、彼《かれ》が何時《なんじ》に帰《かえ》ってきたかはわからない。そして新聞《しんぶん》でドレバーが殺《ころ》されたことを知《し》り恐怖《きょうふ》を覚《おぼ》えたのだ。

一方《いっぽう》アーサーはドレバーが乗《の》った馬車《ばしゃ》をしばらく追《お》いかけたが、一向《いっこう》に追《お》いつけなかった。あきらめたアーサーは道《みち》すがら出会《であ》った旧知《きゅうち》の仲間《なかま》たちと夜遅《よるおそ》くまでお酒《さけ》を飲《の》んでいたと告白《こくはく》した。しかし、その仲間《なかま》が誰《だれ》で、どこに住《す》んでいるか尋《たず》ねてもあいまいなことしか言《い》えなかった。

二人《ふたり》の話《はなし》を聞《き》きグレッグソンはアーサー・シャルパンティエを容疑者《ようぎしゃ》とし、逮捕《たいほ》したのだった。

ワトソンは「妹《いもうと》さんのことでドレバーに恨《うら》みはあったかもしれないけど…どうやって殺害《さつがい》したんでしょうね？」と疑問《ぎもん》を投《な》げかけた。

「現場《げんば》の状況《じょうきょう》から判断《はんだん》すると」グレッグソンが、まるで見《み》てきたかのようにスラスラと答《こた》える。

「ドレバーをブリクストンロードまで追《お》いかけていったアーサーは、そこで再《ふたた》び言《い》い争《あらそ》いをした。そのとき、アーサーはドレバーのみぞおち※を強《つよ》く殴《なぐ》り、外傷《がいしょう》もなく殺害《さつがい》。幸《さいわ》い、あの夜《よる》は雨《あめ》だったので辺《あた》りには誰《だれ》もいない。アーサーは堂々《どうどう》とドレバーの遺体《いたい》を空《あ》き家《や》へ運《はこ》び込《こ》めたわけだ。あとは警察《けいさつ》の捜査《そうさ》を混乱《こんらん》させるために、壁《かべ》に血文字《ちもじ》を書《か》いたり、指輪《ゆびわ》を残《のこ》したりしたのだ」

ものすごい仮説《かせつ》にワトソンは言葉《ことば》もなかった。

ホームズは「たいしたもんだ」と皮肉《ひにく》を込《こ》めてつぶやいた。「そんな理由《りゆう》で逮捕《たいほ》されてはアーサーもたまったもんじゃないだろ」

グレッグソンはホームズをバカにした態《たい》度《ど》で「いいかいホームズ君《くん》。チャンスというものは、いかにつまらないものに見《み》えて

※腹《はら》の上部《じょうぶ》中央《ちゅうおう》にあるくぼんだ部分《ぶぶん》

も決《けっ》して見逃《みのが》すべきじゃないんだ」

それに引《ひ》き替《か》え、とグレッグソンは新《しん》聞《ぶん》の切《き》り抜《ぬ》きをテーブルに広《ひろ》げた。

「拾得物広告《しゅうとくぶつこうこく》で情報《じょうほう》を得《え》ようとするなんて…いくら助手《じょしゅ》の名前《なまえ》を使《つか》ったって、俺《おれ》はごまかされない。つまらぬ情報《じょうほう》は集《あつ》まったのか？」

「偉大《いだい》なる精神《せいしん》にとっては、つまらないものなんて何《なに》もないんだよ」ホームズは負《ま》けずに返《かえ》した。

「聞《き》こえないな」グレッグソンはつぶやいた。「負《ま》け犬《いぬ》の遠吠《とおぼ》えだな」

「その言葉《ことば》、そっくりお返《かえ》ししよう」ホームズも負《ま》けていない。

緊張高《きんちょうたか》まる二人《ふたり》にワトソンは「ところでレストレード警部《けいぶ》はどうされたんですか?」と割《わ》って入《はい》った。

「フッ…あいつは秘書《ひしょ》のスタンガーソンの行方《ゆくえ》を追《お》いかけているさ。今《いま》となっては、とんだ見当違《けんとうちが》いだな」

そのとき、階段《かいだん》を駆《か》け上《あ》がる足音《あしおと》が聞《き》こえてきた。まるで小動物《しょうどうぶつ》のような、せわしないスピード感《かん》。聞《き》き覚《おぼ》えのある足音《あしおと》の主《ぬし》がドアを開《あ》けた。

「レストレード警部《けいぶ》」ワトソンはなじみの来客《らいきゃく》に安心《あんしん》した。

しかし、彼《かれ》の表情《ひょうじょう》は当惑《とうわく》しきっていた。

グレッグソンは目《め》をむけることもなく「秘書《ひしょ》のジョセフ・スタンガーソンは見《み》つかったか?」と尋《たず》ねたがレストレードは無視《むし》して「大変《たいへん》なことになった」とようやく口《くち》を開《ひら》いた。

「スタンガーソンが殺《ころ》された!」

「なに!?」予想外《よそうがい》の展開《てんかい》にホームズは思《おも》わず声《こえ》を上《あ》げた。

「ハリデイ・プライベートホテルで今朝《けさ》殺《ころ》されました」

レストレードの言葉《ことば》にグレッグソンから笑《え》みが消《き》えた。

第《だい》4章《しょう》 暗《くら》闇《やみ》の中《なか》の光《ひかり》

レストレードは事件後《じけんご》、スタンガーソンがドレバーの死《し》に関係《かんけい》していると考《かんが》えた。

しかし、スタンガーソンは事件当日《じけんとうじつ》の20時半頃《じはんごろ》にユーストン駅《えき》でドレバーと一緒《いっしょ》にいるところを目撃《もくげき》されて以降《いこう》、行方《ゆくえ》がわからない。

そこでレストレードは、リバプール※1へスタンガーソンの人相書《にんそうが》き※2を送《おく》った。リバプールは港町《みなとまち》でアメリカ行《ゆ》きの船舶《せんぱく》の発着場《はっちゃくば》となっている。スタンガーソンがアメリカへ逃《に》げ出《だ》せないように警戒《けいかい》したのだ。

次《つぎ》にユーストン駅近《えきちか》くのホテルと下宿《げしゅく》を一軒《いっけん》ずつ聞《き》き込《こ》み調査《ちょうさ》をしてまわった。なぜなら、もしドレバーとスタンガーソンが別行動《べつこうどう》を取《と》っていたのだとしたら、駅《えき》の近《ちか》くで待《ま》ち合《あ》わせ場所《ばしょ》を決《き》めていた可能性《かのうせい》が高《たか》いからだ。

そして先《さき》ほど、リトルジョージ通《どお》りのハリディ・プライベートホテルにスタンガーソンが事件《じけん》の夜《よる》から泊《と》まっていることを突《つ》き止《と》めたのだ。リトルジョージ通《どお》りはユーストン駅《えき》とドレバーの遺体《いたい》が見《み》つかったブリクストン通《どお》りの中間地点《ちゅうかんちてん》にあたる。

※1 イギリス北西部《ほくせいぶ》の港町《みなとまち》。アイリッシュ海《かい》に面《めん》している　※2 P.173参照《さんしょう》

レストレードは2階《かい》のスタンガーソンの部屋《へや》に押《お》しかけた。いきなり警察《けいさつ》が現《あらわ》れたら動《どう》揺《よう》して事件《じけん》の手《て》がかりを漏《も》らすかもしれないと考《かんが》えたのだ。

ドアをノックしようとしたとき、足元《あしもと》がぬれていることに気《き》づいた。

トビラの下《した》から一筋《ひとすじ》の赤黒《あかぐろ》い液体《えきたい》が流《なが》れ出《で》ていて、大《おお》きなカーブを描《えが》き、廊下《ろうか》の向《む》こう側《がわ》の壁際《かべぎわ》にたまっていた。この液体《えきたい》は…。

血《ち》だ…大量《たいりょう》の血《ち》が流《なが》れ出《だ》している。

ズキン。予想《よそう》だにしない展開《てんかい》に心臓《しんぞう》をぎゅっと捕《つか》まれたかのような痛《いた》みを感《かん》じた。

ドアノブにそっと手《て》を伸《の》ばしたが内側《うちがわ》から鍵《かぎ》がかかっているようだ。しかたなくドアを蹴《け》り込《こ》み鍵《かぎ》を壊《こわ》し押《お》し開《あ》けると、レストレードの目《め》に惨状《さんじょう》が飛《と》び込《こ》んできた。

部屋《へや》の中央《ちゅうおう》にメガネをかけた男《おとこ》が、うつぶせで倒《たお》れ、大量《たいりょう》の血《ち》だまりが入《い》り口《ぐち》まで伸《の》びていた。

部屋《へや》の窓《まど》が開《ひら》かれているのか、カーテンがふわっとたなびいている。

「スコットランドヤードです…大丈夫《だいじょうぶ》ですか?」レストレードは念《ねん》のため男《おとこ》の肩《かた》に手《て》を添《そ》え体《からだ》を揺《ゆ》さぶってみた。

手足《てあし》はすでに冷《つめ》たくなって硬直《こうちょく》しているので、死後相当《しごそうとう》な時間《じかん》が経過《けいか》していることが予《よ》想《そう》される。

遺体《いたい》をひっくり返《かえ》して顔《かお》を確認《かくにん》する。人相書《にんそうが》きと一致《いっち》するのでジョセフ・スタンガーソ

ンに間違《まちが》いない。死因《しいん》は左胸部《ひだりきょうぶ》の刺《さ》し傷《きず》。傷《きず》の位置《いち》と出血量《しゅっけつりょう》から考《かんが》えて心臓《しんぞう》を突《つ》き抜《ぬ》けていたに違《ちが》いない。そして辺《あた》りを見渡《みわた》すと壁《かべ》に目《め》がとまった。

事件現場《じけんげんば》の様子《ようす》を語《かた》り続《つづ》けていたレストレードがホームズたちに「壁《かべ》に何《なに》があったと思《おも》う？」と問《と》いかけた。

ワトソンは嫌《いや》な予感《よかん》がして、ぶるっと寒《さむ》けが走《はし》った。

ホームズは「血文字《ちもじ》で『ＲＡＣＨＥ』と書《か》かれていた」と答《こた》えた。

「その通《とお》りだよ」レストレードの重《おも》い口調《くちょう》に、誰《だれ》もが言葉《ことば》を失《うしな》った。

この連続殺人《れんぞくさつじん》の犯人《はんにん》の行動《こうどう》は、あるルー

ルに基《もと》づいている。しかし毒《どく》を無理矢理《むりやり》飲《の》ませたり、刺殺《しさつ》したりと手口《てぐち》に不可解《ふかかい》なところがある。ただ、殺害方法《さつがいほうほう》が、より残忍《ざんにん》になっていることは確《たし》かだとワトソンは恐《おそ》れた。

グレッグソンはいらだちを隠《かく》さず「ちょっと待《ま》て！　事件当日《じけんとうじつ》の位置関係《いちかんけい》を整理《せいり》するぞ」と声《こえ》を荒《あら》らげた。「ドレバーとスタンガーソンは20時《じ》に下宿《げしゅく》を引《ひ》き払《はら》った」レストレードが「その後《ご》二人《ふたり》は20時半《じはん》にユーストン駅《えき》で目撃《もくげき》されている」と続《つづ》ける。「その後《ご》21時頃《じごろ》にドレバーは下宿《げしゅく》に戻《もど》り、アーサー・シャルパンティエといざこざをおこした」グレッグソンはため息《いき》をつき

「そして深夜《しんや》2時《じ》。ドレバーの遺体《いたい》が発見《はっけん》された。俺《おれ》は昨晩《さくばん》アーサーを逮捕《たいほ》したが…」

「スタンガーソンは今朝《けさ》早《はや》くに殺《ころ》された」

とつぶやくレストレードにグレッグソンは
「アーサーを逮捕《たいほ》した後《あと》だ！　じゃあ誰《だれ》が犯人《はんにん》だ⁉」と怒鳴《どな》りつけた。

「現場《げんば》に手《て》がかりか何《なに》かないのか？」グレッグソンは親指《おやゆび》のつめをかんだ。

「犯人《はんにん》らしき男《おとこ》を見《み》た者《もの》がいたよ」レストレードは続《つづ》けた。「牛乳配達《ぎゅうにゅうはいたつ》の男《おとこ》なんだが、たまたまホテルの裏《うら》にある厩舎《きゅうしゃ》に向《む》かう途中《とちゅう》で、ハシゴがかけられた窓《まど》から男《おとこ》が降《お》りてくるのを見《み》たんだ。ハシゴは普段《ふだん》からその辺《へん》に置《お》きっぱなしになっているから気《き》に

ならなかったし、新《あら》たな客《きゃく》がチェックインする前《まえ》に工事《こうじ》をしていた大工《だいく》か配管工《はいかんこう》かと思《おも》ったそうだ」

男《おとこ》の特徴《とくちょう》は聞《き》いたか？　とホームズが問《と》いかける。

「背《せ》は高《たか》めで、6フィートくらい。茶色《ちゃいろ》のコートを着《き》ていた」

ワトソンは「6フィートの男《おとこ》！　ホームズが言《い》った犯人像《はんにんぞう》と一致《いっち》している」と驚《おどろ》きの声《こえ》を上《あ》げた。

「そんな男《おとこ》はロンドン中《じゅう》に何人《なんにん》もいる！」グレッグソンが大声《おおごえ》を上《あ》げ「レストレード！　ほかに何《なに》か報告《ほうこく》はないのか？」と当《あ》たり散《ち》らした。

「俺《おれ》たちは同《おな》じ警部《けいぶ》という階級《かいきゅう》だぞ。何《なん》でいちいち、お前《まえ》に報告《ほうこく》しなくちゃならないんだ！」レストレードが反論《はんろん》したが「捜査《そうさ》は競争《きょうそう》じゃない。捜査内容《そうさないよう》を共有《きょうゆう》するのは当然《とうぜん》のことだ」と逆《ぎゃく》にグレッグソンから説教《せっきょう》されてしまった。

小動物《しょうどうぶつ》のような、おどおどとした視線《しせん》で「わ…わかったよ…」と答《こた》えるレストレードを見《み》て、ワトソンはグレッグソンのほうが一枚上手《いちまいうわて》だと感《かん》じた。

「部屋《へや》の中《なか》には？」とホームズが落《お》ち着《つ》いた声《こえ》で問《と》いかけた。「部屋《へや》の中《なか》には何《なに》もなかった

のか？」
荷物《にもつ》が荒《あ》らされていたとか財布《さいふ》が盗《ぬす》まれていたとか何《なに》かあっただろ？　とグレッグソンは問《と》いかける。
「特《とく》に目立《めだ》ったものはなぁ～」とつぶやきながらレストレードは手帳《てちょう》を広《ひろ》げた。
「財布《さいふ》はテーブルの上《うえ》に置《お》きっぱなしで、中《なか》には80※ポンドも入《はい》っていたし…」

※80ポンド＝約《やく》192万円《まんえん》

「は…80ポンド！　すごい大《たい》金《きん》じゃないですか！」

ワトソンが思《おも》わず声《こえ》を上《あ》げた。

グレッグソンは「この犯《はん》罪《ざい》の動機《どうき》が何《なん》であれ、金目当《かねめあ》ての犯行《はんこう》ではないことだけは確《たし》かだな」と眉《まゆ》をしかめた。

「書類《しょるい》もなければメモも残《のこ》されてなかったし…そうそう、ポケットに電報《でんぽう》が一通《いっつう》あったっけ」

「シャルパンティエ家《け》を出《で》るきっかけになった電報《でんぽう》だな」

グレッグソンは目《め》を輝《かがや》かせた。

「アメリカからの電報《でんぽう》で…内容《ないよう》は…『J・Hはロンドンにいる』だ。差出人《さしだしにん》は不明《ふめい》だった」

J・Hのイニシャル。

このイニシャルには聞《き》き覚《おぼ》えがある。ワトソンはホームズにふり返《かえ》った。

ホームズがアメリカから受《う》け取《と》った電報《でんぽう》だ。

『イーノック・ドレバーはジェファーソン・ホープという恋敵《こいがたき》に対《たい》して保護《ほご》の申《もう》し立《た》てをしている』

J・Hはジェファーソン・ホープのことだろうか？

ホームズが受《う》け取《と》った電報《でんぽう》にはジェファーソン・ホープはヨーロッパにいると書《か》かれていた。そしてスタンガーソンの電報《でんぽう》にはロンドンにいるとある。

ジェファーソン・ホープとJ・Hは同一人物《どういつじんぶつ》とみて間違《まちが》いないだろう。

ドレバーとスタンガーソンはアメリカから電報《でんぽう》を受《う》け取《と》ると、その日《ひ》のうちに下宿《げしゅく》を引《ひ》き払《はら》ってロンドンから離《はな》れようとした。ということは、二人《ふたり》はジェファーソン・ホープから逃《に》げようとしたのだ。

ドレバーは保護《ほご》を申《もう》し立《た》てているほどだが、彼《かれ》らの間《あいだ》にいったい何《なに》があったというのだろうか？　ワトソンはまったく予想《よそう》もつかなかった。

「あとは…」レストレードが部屋《へや》に残《のこ》されていたものの報告《ほうこく》を続《つづ》けた。

「寝《ね》る前《まえ》に読《よ》んでいたのかな…ベッドの上《うえ》に小説《しょうせつ》が一冊《いっさつ》、パイプがそばのイスの上《うえ》にあったのと…テーブルの上《うえ》に水《みず》の入《はい》ったコップ。それから、窓枠《まどわく》に薬《くすり》が二錠《にじょうはい》入った小箱《こばこ》があったくらいだな。とにかく犯人《はんにん》の手《て》がかりになりそうなものは電報《でんぽう》くらいか…」

「いま、何《なん》と言《い》った？」突然《とつぜん》ホームズが厳《きび》しい声《こえ》で尋《たず》ねた。

「ん？　手《て》がかりは電報《でんぽう》くらいって言《い》ったが？」

「その前《まえ》。電報《でんぽう》の前《まえ》に何《なん》て言《い》ったと聞《き》いている！」

「窓枠《まどわく》の上《うえ》に薬《くすり》が入《はい》った小箱《こばこ》があったけど…それが何《なに》か？」

ホームズは目《め》を見開《みひら》き左手《ひだりて》で顔《かお》をおおい意識《いしき》を集中《しゅうちゅう》させた。

ホームズが集中《しゅうちゅう》している様子《ようす》をワトソンは息《いき》を潜《ひそ》めて、じっと見《み》つめた。

やがて。

「ワトソン…」ホームズがつぶやいた。

「複雑《ふくざつ》に絡《から》まった糸《いと》かせの中《なか》から真《ま》っ赤《か》な糸《いと》を解《と》きほぐしたよ」

二人の足跡《あしあと》
結婚指輪《けっこんゆびわ》
J・H
アメリカ
停まっていた馬車《ばしゃ》
二錠《にじょう》の薬《くすり》
毒殺《どくさつ》
刺殺

「それじゃ…ホームズ？　もしかして？」

ホームズは「緋色《ひいろ》の研究《けんきゅう》を仕上《しあ》げようじゃないか」と微笑《ほほえ》んだ。

そして「その薬《くすり》は捨《す》てていないだろうな？」とレストレードを見《み》た。

「持《も》ってきてるさ」レストレードは小《ちい》さな白《しろ》い箱《はこ》をポケットから取《と》り出《だ》して言《い》った。

「財布《さいふ》と電報《でんぽう》を警察《けいさつ》に保管《ほかん》しようと思《おも》って、たまたま一緒《いっしょ》に持《も》ってきてたんだ。この薬《くすり》はそんなに重要《じゅうよう》なのか？」

ホームズは、その問《と》いかけには答《こた》えず「ところでスタンガーソンの殺人現場《さつじんげんば》から、どうやってここまで来《き》たんだ？」と尋《たず》ねた。

「ハリディ・プライベートホテルから、すこし離《はな》れた所《ところ》に偶然馬車《ぐうぜんばしゃ》が停《と》まっていたんだよ。それに乗《の》って来《き》たんだ。君《きみ》たちに話《はなし》をしたら警察署《けいさつしょ》に戻《もど》ろうと思《おも》って、そのまま下《した》に待《ま》たせてるよ」

そういえば、何《なん》であんな所《ところ》で停《と》まってたんだろうな？　とレストレードは不思議《ふしぎ》そうにつぶやいた。

ホームズが表《おもて》からは見《み》られないように壁《かべ》の影《かげ》から通《とお》りを見《み》ると、レストレードが乗《の》っていたであろう馬車《ばしゃ》が停《と》まっていた。

御者《ぎょしゃ》の背《せ》は高《たか》そうだった。御者《ぎょしゃ》は気《き》になることがあるのか、落《お》ち着《つ》かない様子《ようす》で、そわそわとこちらを見《み》つめていた。

「馬車《ばしゃ》がどうかしたのか?」というレストレードの問《と》いかけには答《こた》えずに「薬《くすり》を僕《ぼく》にくれ」と言《い》ってホームズは手《て》を差《さ》し出《だ》した。

レストレードはムッとした表情《ひょうじょう》で小箱《こばこ》を渡《わた》した。

箱《はこ》を開《あ》けると中《なか》には薬《くすり》が二錠《にじょう》入《はい》っていた。

「ワトソン、これを見《み》てどう思《おも》う?こいつは普通《ふつう》の薬《くすり》かな?」

のぞき込《こ》んだワトソンの表情《ひょうじょう》が険《けわ》しくなった。

それは間違《まちが》いなく普通《ふつう》のものではなかった。

真珠《しんじゅ》のような灰色《はいいろ》がかった小《ちい》さな丸《まる》い粒《つぶ》で、光《ひかり》に透《す》かしてみると半透明《はんとうめい》だった。

「この透明性《とうめいせい》から判断《はんだん》すると、水《みず》にすぐ溶《と》ける即効性《そっこうせい》の高《たか》いものみたいだけど…こんなものは見《み》たことがない」ワトソンは真剣《しんけん》な様子《ようす》で答《こた》えた。

「僕《ぼく》も同《おな》じ見解《けんかい》だ」

「だとしたら、ホームズ…これは、毒《どく》なのか?」

ホームズはうなずき「ターナー夫人《ふじん》とワンちゃんをお呼《よ》びしよう」と言《い》った。

ワトソンはためらいを感《かん》じたが、ぐっと唇《くちびる》をかみしめ「そうだね…」とつぶやき、居間《いま》から出《で》た。

「民間人《みんかんじん》を呼《よ》ぶなんて、どういうつもりだ! この薬《くすり》はいったい何《なん》なんだ?」

グレッグソンがたまらず大声《おおごえ》を上《あ》げた。

「そう言《い》わずに待《ま》つんだ、グレッグソン。すべてを明《あき》らかにしてやる」

やがてワトソンがターナー夫人《ふじん》を連《つ》れて戻《もど》ってきた。ターナー夫人《ふじん》の腕《うで》には、苦《くる》しそうにゼイゼイと息《いき》をする犬《いぬ》が抱《だ》かれていた。「ワンちゃんをこちらへ」ワトソンはクッションをすすめ、ターナー夫人《ふじん》はそっと犬《いぬ》を横《よこ》たえた。

犬《いぬ》の瞳《ひとみ》に力《ちから》はなく、死期《しき》が迫《せま》っていることはグレッグソンの目《め》にも明《あき》らかだった。

「先生《せんせい》…お願《ねが》いします」ターナー夫人《ふじん》はハンカチでまぶたを押《お》さえた。

ホームズは小箱《こばこ》から薬《くすり》を一錠《いちじょう》取《と》り出《だ》し「あとで成分《せいぶん》を調《しら》べるときに必要《ひつよう》になるから半分《はんぶん》に切《き》るぞ」と言《い》い、ペンナイフを取《と》り出《だ》した。

薬《くすり》は柔《やわ》らかく、抵抗《ていこう》なく切《き》れた。半分《はんぶん》は箱《はこ》に戻《もど》し、もう半分《はんぶん》は小皿《こざら》にとった。

スプーン一杯《いっぱい》の水《みず》を入《い》れ、かき混《ま》ぜる。

「ほう…ワトソンの言《い》ったとおりだ。すんなり溶《と》けたぞ」ホームズは感心《かんしん》した。

「飲《の》みやすくしてあげたいからミルクを加《くわ》えてあげよう」

ワトソンは小皿《こざら》に少量《しょうりょう》のミルクを足《た》し、ターナー夫人《ふじん》の犬《いぬ》の前《まえ》へ差《さ》し出《だ》した。

犬《いぬ》は、もっさりと上半身《じょうはんしん》を起《お》こし、ぺろぺろと舐《な》めて皿《さら》を空《から》にした。

ホームズは犬《いぬ》の様子《ようす》を、固唾《かたず》をのんで見守《みまも》っていた。

グレッグソンは「死《し》にそうな犬《いぬ》がなんだっていうんだ…これがスタンガーソンの殺害《さつがい》と何《なん》の関係《かんけい》があるんだ？」とホームズに耳打《みみう》ちした。

その場《ば》にいた誰《だれ》もがターナー夫人《ふじん》の犬《いぬ》を見《み》つめていた。

しーんと静《しず》まりかえった居間《いま》には、犬《いぬ》の苦《くる》しそうな呼吸音《こきゅうおん》が響《ひび》いている。

もう少《すこ》ししたら犬《いぬ》に何《なに》かが起《お》きるかもしれない。誰《だれ》も何《なに》も言《い》わずに見守《みまも》っ

ている。

犬《いぬ》はクッションに寝《ね》そべったまま、苦《くる》しそうに呼吸《こきゅう》をしている。その容体《ようだい》は良《よ》くもならなければ悪《わる》くなった様子《ようす》もない。

ホームズのほおを汗《あせ》が伝《つた》った。

1分《ぷん》…2分《ふん》と時《とき》は過《す》ぎていくが何《なん》の反応《はんのう》も表《あらわ》れない。

ホームズはぎゅっと唇《くちびる》を噛《か》んだ。その表情《ひょうじょう》には悔《くや》しさと失望《しつぼう》が表《あらわ》れていた。

「ワトソン…ちょっといいか？」

ホームズはワトソンと共《とも》に自分《じぶん》の部屋《へや》へと入《はい》った。

ワトソンがトビラを閉《し》めたとたん、ホームズはテーブルにこぶしを打《う》ち付《つ》けた。

髪《かみ》は逆立《さかだ》ち、まるで全身《ぜんしん》からいらだちのオーラを発《はっ》しているかのようだ。

「どういうことだ…」

彼《かれ》は部屋《へや》の中《なか》をせわしなく行《い》ったり来《き》たりしながら早口《はやくち》にまくしたてた。

「あり得《え》ない…これが偶然《ぐうぜん》だなんて絶対《ぜったい》にあり得《え》ない。ドレバー殺害《さつがい》の時《とき》に予想《よそう》したものがスタンガーソン殺害現場《さつがいげんば》で見《み》つかった。なのにそれは毒《どく》じゃなかった。どういうことだ？　僕《ぼく》の推理《すいり》が完全《かんぜん》な誤《あやま》りだったのか？」

「ホームズ…」ワトソンは申《もう》し訳《わけ》なさそうに声《こえ》をかけたが「うるさい！　気《き》が散《ち》る！」と怒鳴《どな》りつけられた。

「落《お》ち着《つ》いてよホームズ！」

ワトソンはホームズの両肩《りょうかた》を掴《つか》み、まっすぐな視線《しせん》でその目《め》を正面《しょうめん》から見《み》つめた。

「もう一錠薬《いちじょうくすり》がある。あっちじゃないか？」

ホームズは大《おお》きく目《め》を見開《みひら》いた。

そして額《ひたい》の汗《あせ》をハンカチでぬぐい、ジャケットのえりを正《ただ》し「さすがだ、ワトソン！」と微笑《ほほえ》み、皆《みな》の待《ま》つ居間《いま》へと戻《もど》った。

小箱《こばこ》からもう一《ひと》つの薬《くすり》を出《だ》し、二《ふた》つに切《き》り分《わ》け、小皿《こざら》に溶《と》かしミルクを加《くわ》えた。

ホームズは小皿《こざら》を持《も》ってワトソンを見《み》つめた。

ワトソンは真剣《しんけん》な表情《ひょうじょう》でうなずき、小皿《こざら》を受《う》け取《と》った。そしてターナー夫人《ふじん》の犬《いぬ》の前《まえ》へと差《さ》し出《だ》した。

グレッグソンはあざけるような微笑《びしょう》を浮《う》かべていた。

レストレードはホームズの横《よこ》に立《た》ち「おい、今度《こんど》は大丈夫《だいじょうぶ》なんだろうな？」と声《こえ》をかけた。ホームズは何《なに》も答《こた》えず、犬《いぬ》を見《み》つめる。

ぺろぺろ…犬《いぬ》が小皿《こざら》を舐《な》めた。

その途端《とたん》、雷《かみなり》に打《う》たれたかのように、ビクンと犬《いぬ》の全身《ぜんしん》が大《おお》きくけいれんした。

グレッグソンとレストレードは驚《おどろ》きに言葉《ことば》を失《うしな》った。

目《め》が閉《と》じられ、すっと全身《ぜんしん》の力《ちから》が抜《ぬ》ける。

ターナー夫人《ふじん》はおえつを上《あ》げ、ワトソンは犬《いぬ》を抱《だ》きしめた。

「大丈夫《だいじょうぶ》だよ…苦《くる》しくないよ…」

そしてワトソンの腕《うで》のなかで、犬《いぬ》は静《しず》かに死《し》んだ。

「よく頑張《がんば》ったね…」ワトソンは、そっと横《よこ》たえ、ターナー夫人《ふじん》に「一瞬《いっしゅん》だったので苦《くる》しまなかったと思《おも》います」と告《つ》げた。

「ありがとうございます、ワトソン先生《せんせい》」ターナー夫人《ふじん》は深々《ふかぶか》とお辞儀《じぎ》をして居間《いま》から出《で》て行《い》った。

「僕《ぼく》はまだまだだな…」ホームズはつぶやいた。「推理《すいり》の流《なが》れの中《なか》で矛盾《むじゅん》する出来事《できごと》が起《お》き

たとき、それは何《なに》か別《べつ》の解釈《かいしゃく》があることを示《しめ》している」

「別《べつ》の解釈《かいしゃく》って何《なん》なの？」ワトソンが問《と》いかける。

「この箱《はこ》の薬《くすり》は両方《りょうほう》とも毒薬《どくやく》だと思《おも》っていたが、一《ひと》つはまったくの無害《むがい》だった。こんなことぐらい僕《ぼく》ははじめからわかってなくちゃいけなかったんだよ」

「だがしかし…」レストレードは戸惑《とまど》いを隠《かく》さずに語《かた》った。「スタンガーソンの部屋《へや》で見《み》つかったこの毒薬《どくやく》は、ドレバー殺害《さつがい》で使《つか》われたものと同《おな》じものと考《かんが》えて間違《まちが》いないんだろ？」

「馬車《ばしゃ》を待《ま》たせていたよな。これからスコットランドヤードへ行《い》くとしよう」ホームズは外出《がいしゅつ》の準備《じゅんび》をしはじめ「馬車《ばしゃ》の中《なか》で答《こた》え合《あ》わせをしようじゃないか」と笑《え》みを浮《う》かべた。

表《おもて》に出《で》て馬車《ばしゃ》に乗《の》り込《こ》む前《まえ》にホームズは「ずいぶんと待《ま》たせてしまったから運賃《うんちん》をはずむよ」と御者《ぎょしゃ》に告《つ》げた。

御者《ぎょしゃ》は茶色《ちゃいろ》のコートを着《き》ており、靴《くつ》のつま先《さき》は角《かく》ばっていた。

ワトソンは容疑者《ようぎしゃ》に似《に》た服装《ふくそう》だなと思《おも》った。しかし、こんな格好《かっこう》の人《ひと》はロンドン中《じゅう》どこにでもいるか…と思《おも》い直《なお》して馬車《ばしゃ》に乗《の》り込《こ》んだ。

馬車《ばしゃ》が進《すす》みだし、しばらくするとホームズが口火《くちび》を切《き》った。

「もしもドレバーの死体《したい》が、刺《さ》し傷《きず》も、首《くび》を絞《し》められた跡《あと》もない、ごく普通《ふつう》の状態《じょうたい》でただ単《たん》に道《みち》に転《ころ》がっていたとしたらどう思《おも》う？」

「そうだね…詳《くわ》しくは解剖《かいぼう》しなくてはならないけど、遺体《いたい》に異常性《いじょうせい》がないなら心臓《しんぞう》発《ほっ》作《さ》や持病《じびょう》で亡《な》くなったと思《おも》うだろうね」ワトソンは医師《いし》としてまっとうな見解《けんかい》を述《の》べた。

レストレードは「そうだな～遺体《いたい》におかしな点《てん》がなければ、事件性《じけんせい》はないと考《かんが》えるよ」と答《こた》えた。

「その通《とお》りさ。犯罪《はんざい》というモノは、目立《めだ》った特徴《とくちょう》がなく一般的《いっぱんてき》になればなるほど、解決《かいけつ》することが難《むずか》しくなるんだ」とホームズは続《つづ》けた。「君《きみ》たち警察《けいさつ》は事件現場《じけんげんば》に残《のこ》されていた一《ひと》つの重要《じゅうよう》な手《て》がかりを無視《むし》

したから、見当違《けんとうちが》いの方向《ほうこう》で人《ひと》を捜《さが》してしまったんだよ」

なんだと、とグレッグソンは憤《いきどお》った。

ホームズは先《さき》ほど犬《いぬ》に薬《くすり》をなめさせたときに、グレッグソンが浮《う》かべたあざけりへの復《ふく》しゅうのごとく声高《こえたか》らかに続《つづ》けた。

「僕《ぼく》は幸《さいわ》いにも、その証拠《しょうこ》を見落《みお》とさなかったけどね。おかげで、その後《あと》に起《お》きた事件《じけん》は僕《ぼく》が最初《さいしょ》に立《た》てた推理《すいり》を正《ただ》しいと証明《しょうめい》してくれたよ」

「それじゃ最初《さいしょ》から犯人《はんにん》をわかってたの？」

ワトソンは驚《おどろ》いた。

「そうさ。現場《げんば》にあったものは、すべて論《ろん》理的《りてき》なつながりがあったんだよ。ところがキミたちは、まんまと混乱《こんらん》させられて大切《たいせつ》なものが見《み》えなくなってしまった。逆《ぎゃく》に僕《ぼく》には事件解決《じけんかいけつ》のヒントになった」

「まるで暗闇《くらやみ》の中《なか》の光《ひかり》だね」ワトソンが感心《かんしん》した。

「そこまで偉《えら》そうに言《い》うんなら…」グレッグソンが嫌《いや》みったらしく続《つづ》けた。「もう犯人《はんにん》はわかっているんだよな？」

「もちろんわかってるさ。アーサー・シャルパンティエでないことは確《たし》かだ」

ホームズはにやにやと挑発的《ちょうはつてき》な態度《たいど》を取《と》った。必死《ひっし》に怒《いか》りを抑《おさ》えているグレッグソンを見《み》て、もうそれくらいにしなよ、とワトソンはひじでホームズをつついた。

レストレードが「なあホームズ、殺人犯《さつじんはん》を逮捕《たいほ》するのが長引《ながび》けば、新《あら》たな犯行《はんこう》が起《お》きる可能性《かのうせい》が高《たか》くなるんだぞ」と口《くち》を挟《はさ》んだ。

「それはない」ホームズが否定《ひてい》した。「これ以上《いじょう》の殺人《さつじん》はもう起《お》きない」

「それじゃ…犯人《はんにん》の名前《なまえ》は…」

レストレードの問《と》いかけにホームズが重《おも》い口《くち》を開《ひら》いた。

「ジェファーソン・ホープ」

電報《でんぽう》のJ・Hか…グレッグソンは目《め》を見開《みひら》いた。

ホームズは淡々《たんたん》と話《はな》しはじめた。

「ジェファーソン・ホープの名前《なまえ》を知《し》っていても捕《つか》まえられなければ何《なん》の意味《いみ》もない。ホープのことは逮捕《たいほ》できる見込《みこ》みが十分《じゅうぶん》にあるさ。それよりも…」

ホームズは真顔《まがお》で「彼《かれ》の仲間《なかま》が気《き》がかりだ」と話《はな》した。

ホープの仲間《なかま》…それは指輪《ゆびわ》を受《う》け取《と》りに来《き》た老婆《ろうば》に変装《へんそう》した人物《じんぶつ》だとワトソンは察《さっ》した。ホームズの目《め》を欺《あざむ》くほど巧妙《こうみょう》で大胆《だいたん》な人間《にんげん》がホープにはついている。もしかしたらホープはすでに逃走《とうそう》しているかもしれない。

「犯人《はんにん》に仲間《なかま》がいたなんて…まったく気《き》づかなかった」レストレードは、ぽかんと口《くち》を開《あ》けた。

「それじゃ毒薬《どくやく》を手配《てはい》したのも、その仲間《なかま》だっていうのか？」

グレッグソンの問《と》いかけに、それはわからない、とホームズは答《こた》えた。「ただ、小指《こゆび》の先《さき》ほどの小《ち》ささで人間《にんげん》を死《し》なせたんだ。あの毒《どく》はアルカロイドだと思《おも》う」

「スコットランドヤードに着《つ》いたら、すぐに成分《せいぶん》を検査《けんさ》させる」

レストレードは薬《くすり》の入《はい》った小箱《こばこ》をぎゅっと握《にぎ》りしめた。

「それでホープはどこにいるんだ？　見当《けんとう》はついているんだろうな？」

グレッグソンは手錠《てじょう》を取《と》り出《だ》し「この俺《おれ》が絶対《ぜったい》に逮捕《たいほ》してやる」と息巻《いきま》いた。

「グレッグソン警部《けいぶ》、手錠《てじょう》を見《み》せてくれないか？」

グレッグソンは渋々《しぶしぶ》と手錠《てじょう》をホームズに渡《わた》した。

「これはすごい…最新型《さいしんがた》だ」

ホームズは自分《じぶん》の手《て》にはめたり外《はず》したりして遊《あそ》びはじめた。

「バネが利《き》いていて犯人《はんにん》の手《て》に一瞬《いっしゅん》でかかるんだ」

自慢《じまん》するグレッグソンに「犯人《はんにん》を見《み》つけられなきゃ宝《たから》の持《も》ち腐《ぐさ》れだな」と皮肉《ひにく》った。

そして馬車《ばしゃ》が止《と》まり「スコットランドヤードに着《つ》きましたよ」と御者《ぎょしゃ》の声《こえ》がした。

ホームズが一番《いちばん》に馬車《ばしゃ》から降《お》り「ありがとう。随分《ずいぶん》と待《ま》たせてしまったから半《はん》※ソブリンでいいかい？」とねぎらいの声《こえ》をかけ、硬貨《こうか》を差《さ》し出《だ》した。
「ありがとうございます」と言《い》いながら御者《ぎょしゃ》は硬貨《こうか》に手《て》を伸《の》ばした。
そして突然《とつぜん》。ガシャッ！　と御者《ぎょしゃ》に手錠《てじょう》がかけられた。

※半《はん》ソブリン＝約《やく》1万《まん》2000円《えん》

「諸君《しょくん》！　イーノック・ドレバーとジョセフ・スタンガーソンを殺《ころ》した犯人《はんにん》…」

ホームズは目《め》を輝《かがや》かせて叫《さけ》んだ。

「ジェファーソン・ホープを紹介《しょうかい》します！」

一瞬《いっしゅん》の出来事《できごと》だった。

あまりにも素早《すばや》く、誰《だれ》も、ジェファーソン・ホープですら何《なに》が起《お》きたのか理解《りかい》できなかった。

ホープは手首《てくび》にはめられた手錠《てじょう》を呆然《ぼうぜん》と眺《なが》めていた。

そして、ようやく事態《じたい》を理解《りかい》し、これ以上抵抗《いじょうていこう》できないことに気《き》づくと、貧血《ひんけつ》を起《お》こしたように、その場《ば》に倒《たお》れ込《こ》んだ。

「馬車《ばしゃ》に乗《の》るとき、つま先《さき》に気《き》づいたんだけど…まさか本当《ほんとう》に犯人《はんにん》だったなんて…」

ワトソンは驚《おどろ》きを隠《かく》せなかった。

「なぜ？　どうして御者《ぎょしゃ》が犯人《はんにん》だと思《おも》ったんだ？」

レストレードは、もしこのまま気《き》づかず取《と》り逃《に》がしていたらと思《おも》うと恐怖《きょうふ》を覚《おぼ》えた。

「犯人《はんにん》は捜査《そうさ》がどこまで進《すす》んでいるか、証拠《しょうこ》を残《のこ》していないか、自分《じぶん》が犯人《はんにん》だと判明《はんめい》していないか不安《ふあん》になり現場《げんば》に戻《もど》ることがあるが…」グレッグソンは続《つづ》けた。「まさか御者《ぎょしゃ》だったとは。どこにいても御者《ぎょしゃ》ならだれも不審《ふしん》に思《おも》わない」

グレッグソンとレストレードはホープを両脇《りょうわき》から抱《かか》え、取調室《とりしらべしつ》へと連行《れんこう》し、ホームズたちも後《あと》に続《つづ》いた。グレッグソンは席《せき》に着《つ》き取《と》り調《しら》べを仕切《しき》りはじめた。

「今週中《こんしゅうちゅう》には判事《はんじ》に引《ひ》き渡《わた》されるが、その前《まえ》に何《なに》か言《い》いたいことはあるか？　断《ことわ》っておくが、ここで話《はな》したことは記録《きろく》され、法廷《ほうてい》で不利《ふり》な証拠《しょうこ》となる場合《ばあい》もある」

ホープは力《ちから》なくうなだれ、事件《じけん》の発端《ほったん》となった20年前《ねんまえ》の出来事《できごと》を話《はな》しはじめた。

20年前《ねんまえ》
ドドドドドッ
ルーシー・フェリアー
ユタの開拓団《かいたくだん》ジョン・フェリアーの養女《ようじょ》
急《いそ》いで帰《かえ》らないとパパに怒《おこ》られちゃうのに…
んもう！
ドドッ
通《とお》りぬけられそうね
行《い》くわよ！
ハイヨー！

きゃあ
ドドッ
助《たす》けて！
誰《だれ》かー！
お嬢《じょう》さん！
こっちだ！
手《て》を伸《の》ばして！
ジェファーソン・ホープ
アメリカを放浪《ほうろう》し鉱山《こうざん》を掘《ほ》っている青年《せいねん》
ダッ
ケガはないかい
お嬢《じょう》さん
はぁ…本当《ほんとう》に
怖《こわ》かったわ…

あ…
あなたは…
ドキドキ
僕《ぼく》はジェファーソン・ホープ
わたしはルーシー・フェリアー
馬《うま》が逃《に》げてしまった
お送《おく》りしましょう
ジョン・フェリアー
ルーシーの父《ちち》。ユタの開拓団《かいたくだん》
キミは娘《むすめ》の命《いのち》の恩人《おんじん》だ
たくさん食《た》べてね！
こんなに食《た》べきれないよ

ユタの開拓団《かいたくだん》の話《はなし》は聞《き》いてます
とても厳《きび》しかったそうですね
凶暴《きょうぼう》な獣《けもの》 病気《びょうき》 そして厳《きび》しい自然《しぜん》… やっと人間《にんげん》が住《す》めるようになったよ
君《きみ》はどんな仕事《しごと》をしているんだい？
今《いま》は猟師《りょうし》をしながら銀山《ぎんざん》を掘《ほ》ってます
資金《しきん》を貯《た》めたら金鉱《きんこう》に挑戦《ちょうせん》したいんです
また遊《あそ》びに来《き》なさい
銀山《ぎんざん》の帰《かえ》りにお邪魔《じゃま》します

ホープ！久《ひさ》しぶりね！
狩《か》りをしてきました おかずにどうぞ
銀《ぎん》を掘《ほ》り当《あ》てました 次《つぎ》は金《きん》に挑戦《ちょうせん》します！
えっ〜
また会《あ》えなくなっちゃうの〜
そろそろジェファーソンがやってくる時期《じき》だな
ジェファーソンったら金《きん》に夢中《むちゅう》で手紙《てがみ》もくれないんだから
彼《かれ》に出会《であ》って4年《ねん》…もういい頃《ころ》かもしれないな
コンコン
ジェファーソンだわ！

イーノック・ドレバー
開拓団《かいたくだん》の一員《いちいん》
ジョセフ・スタンガーソン
開拓団《かいたくだん》の一員《いちいん》
ドレバー君《くん》… スタンガーソン君《くん》…
フェリアーさん… ルーシーはもう 18歳《さい》です
ユタの開拓団《かいたくだん》の 掟《おきて》を お忘《わす》れでは ないでしょうね？

うぅ…
掟《おきて》って何《なん》のこと？
開拓団《かいたくだん》の娘《むすめ》は開拓団《かいたくだん》の男《おとこ》と結婚《けっこん》する
ルーシーは俺《おれ》たちのどちらかと結婚《けっこん》するんだ

どちらを選《えら》ぶか今晩《こんばん》よく考《かんが》えるんだな
明日《あした》の朝《あさ》返事《へんじ》を聞《き》きに来《く》るぞ
バタン…
助《たす》けてお父様《とうさま》!
あんな人《ひと》と結婚《けっこん》するなんて絶対《ぜったい》に嫌《いや》!
しかし掟《おきて》は絶対《ぜったい》なのだ…
あんな奴《やつ》らと結婚《けっこん》することはありません!

僕《ぼく》が掘《ほ》り当《あ》てた金《きん》で作《つく》った指輪《ゆびわ》です
ルーシー…僕《ぼく》と結婚《けっこん》して下《くだ》さい
あぁ…ジェファーソン
おぉ…なんとすばらしい…
イエスよ！返事《へんじ》はイエスよ！
僕《ぼく》の金山《きんざん》に今《いま》すぐ逃《に》げましょう！

昨日《きのう》から丸一日《まるいちにち》
金山《きんざん》まであとどれくらいなの？
あと一日《いちにち》で着《つ》くよ
もうヘトヘトだ少《すこ》し休《やす》もう？
食料《しょくりょう》を探《さが》してきます
パチ パチ
きゃあああっっ

ルーシー?
!?
のん気《き》に休《やす》んでるから追《お》いついちまったよ!
金《きん》の指輪《ゆびわ》か…
ちょうどいい 新《あたら》しく結婚指輪《けっこんゆびわ》を買《か》わなくて済《す》むぜ
二人《ふたり》を放《はな》せ!
うるせえ!
ガッ

うぅ…
ルーシー
わあああああ！
フェリアーさん⁉
よくも
フェリアーさんを…
ルーシーを
取《と》り戻《もど》す！

ザクッ
ルーシー・フェリアーはどこだ？
ひい…ルーシーはドレバーと無理矢理《むりやり》結婚《けっこん》させられたが…
昨日《きのう》死《し》んでしまった

キイッ
スッ
ルーシー…
ドレバーとスタンガーソン…
絶対《ぜったい》に許《ゆる》さない！

第《だい》5章《しょう》 ジェファーソン・ホープの回想《かいそう》

「なぜ俺《おれ》がドレバーとスタンガーソンの二人《ふたり》を殺《ころ》したかわかっただろ…」

ホープは低《ひく》い落《お》ち着《つ》いた声《こえ》で語《かた》った。

取調室《とりしらべしつ》は、静《しず》まりかえった。

ホープの告白《こくはく》を聞《き》いていたホームズとワトソン、そしてレストレードに言葉《ことば》はなかった。グレッグソンは筆記《ひっき》していた手《て》を休《やす》め、ふうとため息《いき》をついた。

「逮捕《たいほ》されて動揺《どうよう》しているのはわかるが顔色《かおいろ》が相当《そう》《とう》悪《わる》いぞ。少《すこ》し休憩《きゅうけい》するか?」

グレッグソンの提案《ていあん》にホープはだるそうに首《くび》を横《よこ》にふった。

「いや…すべて話《はな》しておきたい。俺《おれ》には時間《じかん》がないんだ」自分《じぶん》の頭《あたま》を人差《ひとさ》し指《ゆび》でトントンと叩《たた》き「俺《おれ》の頭《あたま》には脳動脈瘤《のうどうみゃくりゅう》があるんだ」

ホープの言葉《ことば》にワトソンは目《め》を見開《みひら》いた。

脳動脈瘤《のうどうみゃくりゅう》は脳内《のうない》を走《はし》る血管《けっかん》の分《わ》かれ目《め》に動脈瘤《どうみゃくりゅう》とよばれるコブができる病気《びょうき》だ。まだはっきりとした原因《げんいん》はわかっていないが、血管《けっかん》が薄《うす》くなり風船《ふうせん》のようにふくらんでしまう場《ば》合《あい》や遺伝的《いでんてき》な場合《ばあい》も考《かんが》えられている。放《ほう》っておくとふくらんだ血管《けっかん》が脳神経《のうしんけい》を圧迫《あっぱく》し、神《しん》経《けい》まひを起《お》こしてしまう。もし破裂《はれつ》すると、命《いのち》を落《お》としてしまう恐《おそ》ろしい病気《びょうき》だ。

ワトソンは「ドレバー殺害現場《さつがいげんば》に落《お》ちていた血痕《けっこん》…あれは脳動脈瘤《のうどうみゃくりゅう》が原因《げんいん》の鼻血《はなぢ》だったんだ」と述《の》べた。

「先生《せんせい》、危険《きけん》な状態《じょうたい》だと思《おも》いますか？」レストレードの問《と》いかけに「間違《まちが》いありません」と緊張《きんちょう》した様子《ようす》で答《こた》えた。

「それなら公正《こうせい》な裁判《さいばん》を行《おこな》うためにも、このままホープの供述《きょうじゅつ》をとることが我々警察《われわれけいさつ》の義《ぎ》務《む》だな」

グレッグソンはペンを手《て》にし「ジェファーソン・ホープ、自由《じゆう》に話《はな》してよい。ただしもう一度《いちど》断《ことわ》っておくが、話《はな》したことはすべて記録《きろく》する」と威圧的《いあつてき》な視線《しせん》を送《おく》った。

ホープは落《お》ち着《つ》いた口調《くちょう》で驚《おどろ》くべき話《はなし》を続《つづ》けた。


ルーシーの葬儀《そうぎ》に乱入《らんにゅう》したホープの姿《すがた》は大勢《おおぜい》に目撃《もくげき》されていた。荒《あ》れ果《は》て、復《ふく》しゅうの怒《いか》りに燃《も》えたホープを、誰《だれ》もが危険《きけん》な殺人鬼《さつじんき》だと感《かん》じた。

ホープの噂《うわさ》は、すぐにドレバーとスタンガーソンの耳《みみ》に届《とど》けられ、その直後《ちょくご》、危険《きけん》を感《かん》じた二人《ふたり》は行方《ゆくえ》をくらませてしまったのだ。

噂《うわさ》によるとドレバーはジョン・フェリアーが開拓《かいたく》した土地《とち》と屋敷《やしき》を売《う》りさばき、大金《たいきん》を手《て》にしたという。そしてスタンガーソンはドレバーの秘書《ひしょ》となり、二人《ふたり》はどこか別《べつ》の開拓《かいたく》団《だん》の元《もと》へと向《む》かったという話《はなし》もあった。

ホープは二人《ふたり》をすぐにでも追《お》いかけたかった。しかし彼《かれ》には馬《うま》も、武器《ぶき》も、着《き》る服《ふく》やお金《かね》、何《なに》もかもがなかった。

そしてホープは鉱山《こうざん》へ戻《もど》り、自分《じぶん》の目的《もくてき》を果《は》たすのに十分《じゅうぶん》な金《かね》を蓄《たくわ》えようとした。休《やす》みもろくに取《と》らず、ひたすら働《はたら》き続《つづ》けた。病気《びょうき》になっても休《やす》むことなく、ルーシーとジョンを殺《ころ》したドレバーとスタンガーソンへの復《ふく》しゅうだけを考《かんが》えた。

ある程度《ていど》の稼《かせ》ぎが貯《た》まるとホープは敵《てき》を探《さが》してアメリカ中《じゅう》を町《まち》から町《まち》へと旅《たび》をしたが、手《て》がかりはまったく見《み》つからなかった。希望《きぼう》が絶望《ぜつぼう》へと変《か》わり、心《こころ》がくじけそうになったときはルーシーの形見《かたみ》の金《きん》の指輪《ゆびわ》を見《み》て気持《きも》ちを奮《ふる》い立《た》たせた。

そしてついに、オハイオ州《しゅう》のクリーブランドに二人《ふたり》がいることを突《つ》き止《と》めたのだ。

ホープはクリーブランド中《じゅう》を猟犬《りょうけん》のように執念深《しゅうねんぶか》く探《さが》した。しかしクリーブランドはロンドンの1／3ほどの広《ひろ》さがあり、探索《たんさく》は困難《こんなん》を極《きわ》めた。

ある日《ひ》、忍耐強《にんたいづよ》く住宅街《じゅうたくがい》を一軒一軒《いっけんいっけん》見《み》て回《まわ》っていると、ある建物《たてもの》の窓《まど》に、ずっと追《お》い求《もと》めてきた憎《にく》き男《おとこ》の顔《かお》を見《み》つけた。ドレバーだった。

ホープの復《ふく》しゅう心《しん》が明確《めいかく》な殺意《さつい》へと変《か》わった。はやる気持《きも》ちを抑《おさ》えきれず、今《いま》すぐ殺《ころ》してしまいたかった。

しかし、ただ殺《ころ》すだけではダメだ。ルーシーとジョンの無念《むねん》を思《おも》い知《し》らせなければならない。復《ふく》しゅうの計画《けいかく》を立《た》てるため、ホープはひとまずその場《ば》を去《さ》った。

だが、その様子《ようす》を見《み》つめていた男《おとこ》がいた。

ドレバーの秘書《ひしょ》となったスタンガーソンだった。

慌《あわ》てたスタンガーソンはドレバーをともない地元《じもと》の治安判事《ちあんはんじ》の元《もと》へ出頭《しゅっとう》した。そして、ドレバーは嫉妬深《しっとぶか》い昔《むかし》の恋敵《こいがたき》から恨《うら》みをうけ、命《いのち》の危険《きけん》にさらされていると訴《うった》えた。

その夜《よる》、ホープは警察《けいさつ》に身柄《みがら》を確保《かくほ》された。天涯孤独《てんがいこどく》なホープは保証人《ほしょうにん》を見《み》つけることができなかったため、数週間《すうしゅうかん》も牢屋《ろうや》に入《い》れられてしまった。

ようやくホープは釈放《しゃくほう》されたとき、ドレバーは家《いえ》を引《ひ》き払《はら》い、スタンガーソンと共《とも》にロシアへと旅立《たびだ》っていた。

ホープの復《ふく》しゅうは挫折《ざせつ》した。二人《ふたり》を追《お》い、ヨーロッパへ渡《わた》る金《かね》など、これっぽっちも持《も》ち合《あ》わせていない。だが、彼《かれ》はあきらめなかった。ホープは今度《こんど》は鉱山《こうざん》ではなく、さまざまな仕事《しごと》に就《つ》き、スキルを磨《みが》きながらヨーロッパへ渡《わた》る金《かね》を工面《くめん》した。

あるときは御者《ぎょしゃ》となり、またあるときは薬剤師《やくざいし》となり、そして大学《だいがく》の研究室《けんきゅうしつ》の清掃作業員《せいそうさぎょういん》をつとめたこともあった。

ある日《ひ》、大学構内《だいがくこうない》で作業《さぎょう》をしていると、毒物学《どくぶつがく》の講義《こうぎ》をしている教室《きょうしつ》を見《み》つけた。ドアの窓《まど》から覗《のぞ》いてみると、教授《きょうじゅ》はアルカロイドの瓶《びん》を学生《がくせい》たちに見《み》せていた。それは南《みなみ》アメリカで使《つか》われていた毒矢《どくや》から抽出《ちゅうしゅつ》した猛毒《もうどく》で、ごく微量《びりょう》でも人《ひと》を即死《そくし》させるほどだと説明《せつめい》していた。

ホープはその瓶《びん》を覚《おぼ》え、誰《だれ》もいないときに教室《きょうしつ》に侵入《しんにゅう》し、ばれない程度《ていど》のわずかな量《りょう》を盗《ぬす》んだのだ。


アルカロイドの話《はなし》を聞《き》きホームズが口《くち》を挟《はさ》んだ。

「そのアルカロイドで水《みず》にすぐ溶《と》ける、例《れい》の薬《くすり》を作《つく》ったんだな?」

「ああ…その通《とお》りだ。幸《さいわ》い薬《くすり》を作《つく》る技術《ぎじゅつ》は身《み》につけていたから、毒薬《どくやく》を作《つく》ることは簡単《かんたん》だった。俺《おれ》はアルカロイドを混《ま》ぜたものを二錠《にじょう》、毒《どく》を入《い》れていない見《み》た目《め》がそっくりなもの

を二錠《にじょう》つくり、それぞれひとつずつ小《ちい》さな箱《はこ》に入《い》れて持《も》ち歩《ある》いた」
「なぜ毒《どく》なんだ？　そんな回《まわ》りくどい方法《ほうほう》じゃなくて、ナイフで刺《さ》したり、ピストルで撃《う》ったりすれば良《よ》かっただろ？」レストレードの質問《しつもん》に「これは復《ふく》しゅうだ！　正義《せいぎ》の行《おこな》いなんだ！　いいか、俺《おれ》は殺人鬼《さつじんき》じゃない。残虐《ざんぎゃく》な方法《ほうほう》で殺《ころ》すつもりなど、はなっからなかった。だから神《かみ》のもと公平《こうへい》なチャンスを与《あた》えたんだ。俺《おれ》とあいつら…正《ただ》しいほうが生《い》き残《のこ》るチャンスをだ」とホープは答《こた》えた。

グレッグソンは「質問《しつもん》は後《あと》にしろ！　今《いま》は供述《きょうじゅつ》が先《さき》だ」と二人《ふたり》に厳《きび》しく言《い》い放《はな》った。

ホープは咳払《せきばら》いを一《ひと》つして、

供述《きょうじゅつ》を再開《さいかい》した。

ギリギリの金《かね》を貯《た》めたホープはヨーロッパへ渡《わた》った。

ロシアに着《つ》いてみると、ドレバーとスタンガーソンの二人《ふたり》はフランスのパリへ向《む》けて発《た》

ったあとだった。フランスで追《お》い詰《つ》めたがデンマークの首都《しゅと》コペンハーゲンへ逃《に》げられてしまった。

そして二人《ふたり》はホープの追跡《ついせき》をかわしロンドンに到着《とうちゃく》したのだ。ドレバーとスタンガーソンは大金《たいきん》にものをいわせ、キャンパーウェルのシャルパンティエ家《け》に入《はい》った。しかし一文《いちもん》無《な》しのホープは、生活《せいかつ》の糧《かて》を得《え》るために仕事《しごと》を見《み》つけなければならなかった。

もともと馬《うま》の扱《あつか》いにたけていたホープは、辻馬車《つじばしゃ》の仕事《しごと》に応募《おうぼ》した。御者《ぎょしゃ》の仕事《しごと》ならロンドン中《じゅう》を動《うご》き回《まわ》ることができ、しかもロンドンの地理《ちり》を頭《あたま》に入《い》れることができるからだ。

ホープは毎週決《まいしゅうき》まった金額《きんがく》を雇《やと》い主《ぬし》に納《おさ》め、それ以上儲《いじょうもう》かった場合《ばあい》は自分《じぶん》のものになる契約《けいやく》を結《むす》び辻馬車《つじばしゃ》を手《て》に入《い》れた。

アメリカ育《そだ》ちのホープにはロンドンの道《みち》は入《い》り組《く》んでいて、まるで迷宮《めいきゅう》のようだった。地《ち》図《ず》を片手《かたて》に、主《おも》だった駅《えき》とホテルを覚《おぼ》え、何《なん》とか街中《まちなか》を走《はし》るコツをつかむと、客《きゃく》を乗《の》せた行《ゆ》く先々《さきざき》で敵《てき》の姿《すがた》を探《さが》した。見《み》た目《め》でばれないように帽子《ぼうし》をかぶり、ひげもはやしてみた。

そしてついに、二人《ふたり》の下宿《げしゅく》を見《み》つけたのだ。

いったん居場所《いばしょ》を突《つ》き止《と》めたら、あとはホープの思《おも》いのままだった。

つねに下宿《げしゅく》のそばに身《み》を潜《ひそ》め、ドレバーとスタンガーソンが出掛《でか》けると、あるときは馬車《ばしゃ》で、またあるときは徒歩《とほ》で、ぴったりと後《あと》をつけまわした。御者《ぎょしゃ》の仕事《しごと》をしていたある日《ひ》、空《あ》き家《や》の管理人《かんりにん》とその客《きゃく》を乗《の》せた。管理人《かんりにん》は空《あ》き家《や》になっているローリストン・ガーデン3番《ばん》を案内《あんない》していたが、帰《かえ》りにその家《いえ》の鍵《かぎ》を馬車《ばしゃ》の中《なか》に落《お》としていったのだ。

ホープは歓喜《かんき》した。この大都市《だいとし》ロンドンに、すくなくとも一カ所《いっかしょ》だけは、誰《だれ》にも邪魔《じゃま》される心配《しんぱい》のない場所《ばしょ》を手《て》に入《い》れたのだから。ただし問題《もんだい》は、どうやってドレバーを、その家《いえ》に連《つ》れて行《い》くかだった。

管理人《かんりにん》が鍵《かぎ》を落《お》としたことに気《き》づき、鍵《かぎ》を付《つ》け替《か》えてしまっては元《もと》も子《こ》もない。ホープは合《あい》鍵《かぎ》を作《つく》った後《あと》に管理人《かんりにん》へ鍵《かぎ》を届《とど》け出《で》た。管理人《かんりにん》は今日《きょう》の客《きゃく》は契約《けいやく》にはいたらなかったと言《い》った

が、新《あら》たな客《きゃく》が契約《けいやく》してしまう前《まえ》に、何《なん》としてもドレバーをあの家《いえ》へ連《つ》れて行《い》き、復《ふく》しゅうを遂《と》げなくてはならないとホープは焦《あせ》った。

それにしてもドレバーとスタンガーソンは慎《しん》重《ちょう》だった。ホープのことを気《き》にして一人《ひとり》で出掛《でか》けることは決《けっ》してなかった。それどころか、日《ひ》が暮《く》れた後《あと》は下宿《げしゅく》から出《で》ることもなかった。ホープは2週間《しゅうかん》、毎日《まいにち》下宿《げしゅく》を張《は》り込《こ》んだが、ただの一度《いちど》も二人《ふたり》が別行動《べつこうどう》をする姿《すがた》を見《み》ることはなく、復《ふく》しゅうのチャンスは巡《めぐ》ってこなかった。

そして一昨日《おととい》の夜《よる》、いつものようにホープはトーキー・テラスの下宿《げしゅく》を見張《みは》っていた。すると下宿《げしゅく》からドレバーとスタンガーソンが出《で》てきた。通《とお》りかかった辻馬車《つじばしゃ》を停《と》め、まもなく、荷物《にもつ》が運《はこ》び出《だ》された。荷物《にもつ》の量《りょう》からすると、ちょっとそこらへ出掛《でか》けるわけではなさそうだ。

ホープは二人《ふたり》がまた他国《たこく》へ移《うつ》るという最悪《さいあく》の事態《じたい》を予想《よそう》した。ホープは馬《うま》にムチを打《う》って、二人《ふたり》にバレないよう適度《てきど》な距離《きょり》を取《と》り後《あと》をつけた。そして、二人《ふたり》はユーストン駅《えき》でおりた。

最悪《さいあく》だ。ユーストンからはリバプール行《い》きの列車《れっしゃ》が出《で》ている。リバプールはアメリカ行《い》きの船舶《せんぱく》の港《みなと》だ。二人《ふたり》はアメリカに帰《かえ》るのか？　ホープは落《お》ち着《つ》かない気持《きも》ちで、馬車《ばしゃ》をボーイに預《あず》け、プラットフォームまで追《お》いかけた。

スタンガーソンがリバプール行《い》きの列車《れっしゃ》について尋《たず》ねているのが聞《き》こえた。すると車掌《しゃしょう》は、列車《れっしゃ》はちょうど出発《しゅっぱつ》したところで、次《つぎ》の列車《れっしゃ》は23時半《じはん》になると答《こた》えた。

スタンガーソンはあからさまにいらついていたが、なぜかドレバーは列車《れっしゃ》に乗《の》り遅《おく》れたことを喜《よろこ》んでいるようだった。ホープは人混《ひとご》みに紛《まぎ》れ、さらに接近《せっきん》し、二人《ふたり》の会話《かいわ》をはっきりと聞《き》き取《と》った。

ドレバーはささいな用事《ようじ》があると言《い》い、スタンガーソンに駅《えき》で待《ま》つように言《い》った。しかし、スタンガーソンは猛反対《もうはんたい》した。何《なに》が起《お》きるかわからないから、ずっと一緒《いっしょ》に行動《こうどう》すべきだと訴《うった》えても、ドレバーは聞《き》き入《い》れなかった。

あげくに「お前《まえ》は俺《おれ》の秘書《ひしょ》なんだから、でしゃばって口答《くちごた》えをするな」と、まくしたて、きびすをかえした。

スタンガーソンはドレバーの背中《せなか》に「もし最終列車《さいしゅうれっしゃ》までに帰《かえ》って来《こ》られなかったら、ハリディ・プライベートホテルで落《お》ち合《あ》おう」と告《つ》げた。

ホープは歓喜《かんき》し、今《いま》にも脳動脈瘤《のうどうみゃくりゅう》が破裂《はれつ》するかと思《おも》った。ドレバーの単独行動《たんどくこうどう》。この時《とき》をどれほど待《ま》ちわびたことか。

ドレバーは駅《えき》のすぐそばにあった酒場《さかば》へ立《た》ち寄《よ》った。時間潰《じかんつぶ》しに酒《さけ》を飲《の》んでいるのだろう。30分《ぷん》ほどして出《で》てくると、ふらふらに酔《よ》っぱらっている。ホープのすぐ前《まえ》に辻馬車《つじばしゃ》が一台《いちだい》いて、彼《かれ》はそれに乗《の》り込《こ》んだ。ホープは帽子《ぼうし》を深《ふか》くかぶり、自分《じぶん》の馬

車《しゃ》に乗《の》って尾行《びこう》した。

どこへ行《い》くのかと思《おも》ったら、驚《おどろ》いたことに先《さき》ほどまで下宿《げしゅく》していたトーキー・テラスに帰《かえ》って来《き》てしまった。

なぜいまさら…ホープは下宿《げしゅく》から100ヤード※ばかり手前《てまえ》で馬車《ばしゃ》を停《と》め、様子《ようす》をうかがうことにした。

ドレバーは家《いえ》に入《はい》っていき、馬車《ばしゃ》は走《はし》り去《さ》った。状況《じょうきょう》がまったくわからないままホープは待《ま》つしかなかった。やがて10分《ぶん》も待《ま》ったころだったろうか？　家《いえ》の中《なか》で怒鳴《どな》り声《ごえ》やけんかをしているようなものすごい音《おと》がして、玄関《げんかん》がバッと開《ひら》き二人《ふたり》の男《おとこ》が現《あらわ》れた。

一人《ひとり》はドレバーで、もう一人《ひとり》は見《み》たことのない青年《せいねん》だった。青年《せいねん》はドレバーのえり首《くび》を引《ひ》きずって玄関《げんかん》から突《つ》き飛《と》ばし「俺《おれ》の妹《いもうと》に手《て》を出《だ》すな！　ぶっ殺《ころ》すぞ！」と怒鳴《どな》りつけた。

慌《あわ》てて逃《に》げ出《だ》したドレバーは、近《ちか》くに停《と》まっていたホープの馬車《ばしゃ》に飛《と》び乗《の》り「ハリディ・プライベートホテルへ行《い》け」と叫《さけ》んだ。

※100ヤード＝約《やく》91メートル

「アーサーの証言《しょうげん》と同《おな》じだ」グレッグソンはつぶやいた。「まさかドレバーが乗《の》った馬車《ばしゃ》がお前《まえ》のものだったとは…」

ホープの執念《しゅうねん》が偶然《ぐうぜん》を呼《よ》び寄《よ》せた。ワトソンは運命《うんめい》のいたずらを感《かん》じずにはいられなかった。

ホープの心臓《しんぞう》は高鳴《たかな》り、今《いま》この瞬間《しゅんかん》に脳動脈瘤《のうどうみゃくりゅう》が破裂《はれつ》するのではないかと心配《しんぱい》になった。ローリストン・ガーデンはすぐそこだ。しかし、どうやって連《つ》れ込《こ》めばいいだろう？　この瞬間奇跡《しゅんかんきせき》が起《お》きないだろうか？　ホープはアリスの指輪《ゆびわ》を握《にぎ》りしめた。

ある酒場《さかば》の横《よこ》を通《とお》り過《す》ぎるとき、ドレバーが「馬車《ばしゃ》を停《と》めろ！」と怒鳴《どな》り声《ごえ》を上《あ》げた。「一杯《いっぱい》飲《の》んでくるから、そこで待《ま》ってろ！」と言《い》い残《のこ》して彼《かれ》は、ふらふらと酒場《さかば》へ入《はい》っていった。

そこで彼《かれ》は閉店時間《へいてんじかん》まで酒《さけ》を飲《の》み続《つづ》け、ようやく店《みせ》から出《で》てきて馬車《ばしゃ》に乗《の》りこんだときには、もうろうとしていた。ホープはついに獲物《えもの》を手中《しゅちゅう》に収《おさ》めたのだ。風《かぜ》が吹《ふ》き荒《あ》れ、横殴《よこなぐ》りの雨《あめ》が降《ふ》りはじめた。ひどい天候《てんこう》になったがホープの心《こころ》は歓喜《かんき》に満《み》ちていた。

ローリストン・ガーデン3番《ばん》には人影《ひとかげ》はなく、雨《あめ》が降《ふ》る音《おと》のほか、何《なん》の物音《ものおと》もなかった。

客席《きゃくせき》を見《み》るとドレバーは身体《からだ》を丸《まる》め寝《ね》ていた。

彼《かれ》の腕《うで》をゆすり「さあ、おりますよ！」と声《こえ》をかけた。

「お…おお…着《つ》いたか」ドレバーはホテルに着《つ》いたと勘違《かんちが》いしている。半分《はんぶん》寝《ね》ているような状態《じょうたい》でふらふらしていたので、わきをささえながら庭《にわ》を横切《よこぎ》った。

合鍵《あいかぎ》でドアを開《あ》け、部屋《へや》まで連《つ》れて行《い》く。そして、持《も》っていたロウソクに火《ひ》をともしドレバーの前《まえ》に立《た》った。

「イーノック・ドレバー！　俺《おれ》が誰《だれ》かわかるか？」

ドレバーは酔《よ》った目《め》でホープをじっと見《み》た。そして、その顔《かお》に恐怖《きょうふ》が浮《う》かび上《あ》がった。

酔《よ》いは一気《いっき》にさめ、歯《は》をガタガタと震《ふる》わせ、額《ひたい》からは冷《ひ》や汗《あせ》が噴《ふ》き出《だ》している。

「ジェファーソン・ホープ…お…俺《おれ》を殺《ころ》す気《き》か？」彼《かれ》は口《くち》ごもって言《い》った。

「ルーシー・フェリアーとジョン・フェリアーへの償《つぐな》いをしてもらう」

ドレバーが逃《に》げ出《だ》さないようにナイフでけん制《せい》し「偉大《いだい》な神《かみ》に裁《さば》きをつけてもらおう」

ホープは薬《くすり》の入《はい》った小箱《こばこ》を突《つ》きだした。

さあ、薬《くすり》を選《えら》べ！
一《ひと》つは毒《どく》！
一《ひと》つはただの錠剤《じょうざい》だ
第《だい》6章《しょう》
結《けつ》末《まつ》
ひぃぃぃ…
ど…どうせ
どっちも毒《どく》なんだろ？
安心《あんしん》しろお前《まえ》が
選《えら》ばなかったほうを
俺《おれ》が飲《の》む

俺《おれ》にもどっちが毒《どく》かわからない…神《かみ》のみぞ知《し》るってやつだ
いやだ…死《し》にたくない…
ふざけるな！お前《まえ》のせいでルーシーは死《し》んだんだ！
ひぃやぁああ…
ぴたっ
運命《うんめい》にかけてみるか？それともこいつで切《き》り刻《きざ》まれたいか？
ぷる
ぷる
ゴク…
うぅ…死《し》にたくない…

ルーシー…
俺《おれ》に復《ふく》しゅうを
遂《と》げさせてくれ
うがあああ！
ガクッ
いやだ…
死《し》に…
たくな…
く…苦《くる》しい！
バタン…
ズキンッ
うっ!?
ゴホッ

頭《あたま》が破裂《はれつ》しそうだ…
ゴホッ ゴホッ
だめだ… まだ死《し》ねない！
はぁはぁ… なんとか… 助《たす》かった…
ヨロ…
そうだ！ ニューヨークで 秘密結社《ひみつけっしゃ》が 起《お》こした事件《じけん》が あったな
たしか… RACHEだ
ロンドンの警察《けいさつ》が 秘密結社《ひみつけっしゃ》の事件《じけん》だと 勘違《かんちが》いして くれればいいが…

ゴソ…
ハッ
指輪《ゆびわ》がない！
あの部屋《へや》に
落《お》としたか？
しまった！
警察《けいさつ》だ！
うぅ…飲《の》み過《す》ぎた…
気持《きも》ち悪《わる》い…
たっ
たっ
たっ
まったく…
事件《じけん》が起《お》きて
なきゃ
チッ
酔《よ》っぱらいは
留置場《りゅうちじょう》へ
ぶち込《こ》んで
やるのに！

次《つぎ》はスタンガーソンだ
ホッ
ドレバーは死《し》んだ あとはお前《まえ》だけだ スタンガーソン
ジョン・フェリアーの借《か》りを返《かえ》すときが来《き》た
お前《まえ》が殺《ころ》したことに違《ちが》いはない！
すまない…だが
ジョンが暴《あば》れたから仕方《しかた》なく殺《ころ》したんだ
だが一方的《いっぽうてき》に殺《ころ》したらお前《まえ》と同《おな》じになってしまう

この箱《はこ》の中《なか》に
薬《くすり》が入《はい》っている
一《ひと》つは毒《どく》だ！
運《うん》が良《よ》ければ
死《し》なずにすむ
さあ
どちらかを
選《えら》べ！
命《いのち》をかけて
責任《せきにん》を取《と》れ！
ふざけるな！
バッ
!!?
あのオヤジは
簡単《かんたん》に死《し》んだぞ！
お前《まえ》が死《し》ねー！
お前《まえ》も地獄《じごく》へ
送《おく》ってやる！

いかん！
あ、頭《あたま》が！
ズキッ
死《し》ね！
ガッ
チャッ
ブスッ
ぎゃー！
なんて罪深《つみぶか》い
奴《やつ》だ…
ハァ
ハァ
ズル…
どちらにしても
毒《どく》を選《えら》んだに
違《ちが》いない

フェリアーさん…
復《ふく》しゅうは
終《お》わりました
ルーシー…
君《きみ》の無念《むねん》を
晴《は》らしたよ
これが俺《おれ》の
復《ふく》しゅうの
真相《しんそう》です
気持《きも》ちはわかるが
君《きみ》が行《おこな》ったことは
れっきとした犯罪《はんざい》だ
法《ほう》の手続《てつづ》きは
遵守《じゅんしゅ》させてもらう

彼《かれ》の脳動脈瘤《のうどうみゃくりゅう》はいつ破裂《はれつ》してもおかしくありません
留置場《りゅうちじょう》ではなく病院《びょういん》に送《おく》ることはできませんか？
例外《れいがい》は認《みと》めない
あなたはいつ死《し》んでもおかしくない
復《ふく》しゅうを果《は》たしたとき、毒《どく》で自決《じけつ》しようとは思《おも》わなかったのか？
復《ふく》しゅうは果《は》たせた
思《おも》い残《のこ》すことはない
ゴホ…
マヌケな警察《けいさつ》に俺《おれ》の存在《そんざい》は気《き》づかれてない
捕《つか》まるなんて絶対《ぜったい》にあり得《え》ないと思《おも》っていた
ムカッ
ハッ

できれば…
アメリカへ帰《かえ》って
ルーシーを感《かん》じながら
死《し》にたかった
僕《ぼく》からも
一《ひと》つだけ聞《き》きたい
ことがある
おとりだと
わかっていても大胆《だいたん》
に乗《の》り込《こ》んできた
ただのコソ泥《どろ》じゃない
恐《おそ》るべき犯罪者《はんざいしゃ》だ！
指輪《ゆびわ》を取《と》りに来《き》た
君《きみ》の仲間《なかま》は誰《だれ》だ？
何者《なにもの》だ？
仲間《なかま》は何人《なんにん》
いるんだ？
ホームズ…

彼《かれ》はもう…
ルーシーさんの
もとへ旅《たび》だったよ…
ふぁ〜あ…
事件《じけん》が解決《かいけつ》したから
気持《きも》ち良《よ》く眠《ねむ》れたよ

うわっ−？なにこの人《ひと》たち？
ぞろぞろ
遅《おそ》い！遅過《おそす》ぎるぞ！
いつまで寝《ね》ているんだもう昼《ひる》だぞ！
助手《じょしゅ》なら助手《じょしゅ》らしくさっさと依頼者《いらいしゃ》たちの話《はなし》を聞《き》け！
ビシッ
だから助手《じょしゅ》じゃないって！
パタン

数時間経過《すうじかんけいか》
ふ〜なんでまたこんなに依頼《いらい》を受《う》けちゃったの？
退屈《たいくつ》だからさ
昨日《きのう》の今日《きょう》だしもう少《すこ》し休《やす》めばいいのに…
ジェファーソン・ホープの事件《じけん》はいくつか気《き》づかされることはあったし
それなりに興味深《きょうみぶか》い事件《じけん》ではあった
単純《たんじゅん》だったけどな☆
たんじゅん？

え～あれの どこが単純《たんじゅん》なのさ？
実際《じっさい》に単純《たんじゅん》としか 言《い》いようがないだろ？
それが証拠《しょうこ》に 僕《ぼく》は何《なん》のひねりも ない当《あ》たり前《まえ》の 推理《すいり》をして
誰《だれ》の手《て》も借《か》りずに 犯人《はんにん》を逮捕《たいほ》した じゃないか？
いや…もう一《ひと》つが 毒薬《どくやく》だって言《い》ったの 僕《ぼく》だよね
前《まえ》に言《い》ったろ？ 犯罪《はんざい》というものは 特徴《とくちょう》がなく 一般的《いっぱんてき》になれば なるほど
解決《かいけつ》することが 難《むずか》しくなるって

今回《こんかい》の事件《じけん》はどうだった？
空《あ》き家《や》に傷《きず》のない遺体《いたい》…どう考《かんが》えたって普通《ふつう》じゃなかったよね
その通《とお》り！つまり捜査《そうさ》をはばむ障害《しょうがい》ではなく手《て》がかりだらけの事件《じけん》だったのさ
異常《いじょう》な事件《じけん》の方《ほう》が手《て》がかりだらけって…君《きみ》の頭《あたま》はどうなってるの？
この手《て》の事件《じけん》を解決《かいけつ》するのに重要《じゅうよう》なのは…逆方向《ぎゃくほうこう》に推理《すいり》する能力《のうりょく》だ
それって帰納法《きのうほう》ってやつだよね？
これはきわめて有効《ゆうこう》な方法《ほうほう》だししかも簡単《かんたん》に習得《しゅうとく》できる
過去《かこ》にさかのぼって推理《すいり》するより出来事《できごと》の順番通《じゅんばんどお》りの方《ほう》が便利《べんり》な気《き》がするけどなぁ〜
もちろん
日常生活《にちじょうせいかつ》の出来事《できごと》では順番通《じゅんばんどお》りの方《ほう》が便利《べんり》さ

ホープの事件《じけん》で考《かんが》えてみよう
連続《れんぞく》した出来事《できごと》を聞《き》けば、その結果《けっか》はどうなるか予想《よそう》できるだろ？
婚約者親子《こんやくしゃおやこ》が死《し》んだ。犯人《はんにん》の二人《ふたり》は逃《に》げた
復《ふく》しゅうを誓《ちか》った男《おとこ》は二人《ふたり》をどこまでも追《お》いかける
ついに男《おとこ》は犯人《はんにん》を追《お》い詰《つ》めた！
ホープはどうする？
まぁ…復《ふく》しゅうするだろうと予想《よそう》できるね

僕《ぼく》はまず与《あた》えられた結果《けっか》から考《かんが》える
どんな手順《てじゅん》を踏《ふ》んでこの結果《けっか》にたどり着《つ》いたのかを逆《ぎゃく》に考《かんが》えて導《みちび》き出《だ》すんだ
空《あ》き家《や》に傷《きず》のない遺体《いたい》
誰《だれ》かの血《ち》の跡《あと》と結婚指輪《けっこんゆびわ》が見《み》つかる
結婚指輪《けっこんゆびわ》があるから女性《じょせい》にまつわる事件《じけん》かもしれない
謎《なぞ》の人物《じんぶつ》
殺《ころ》されたってことは殺《ころ》した犯人《はんにん》に動機《どうき》があるってことだね

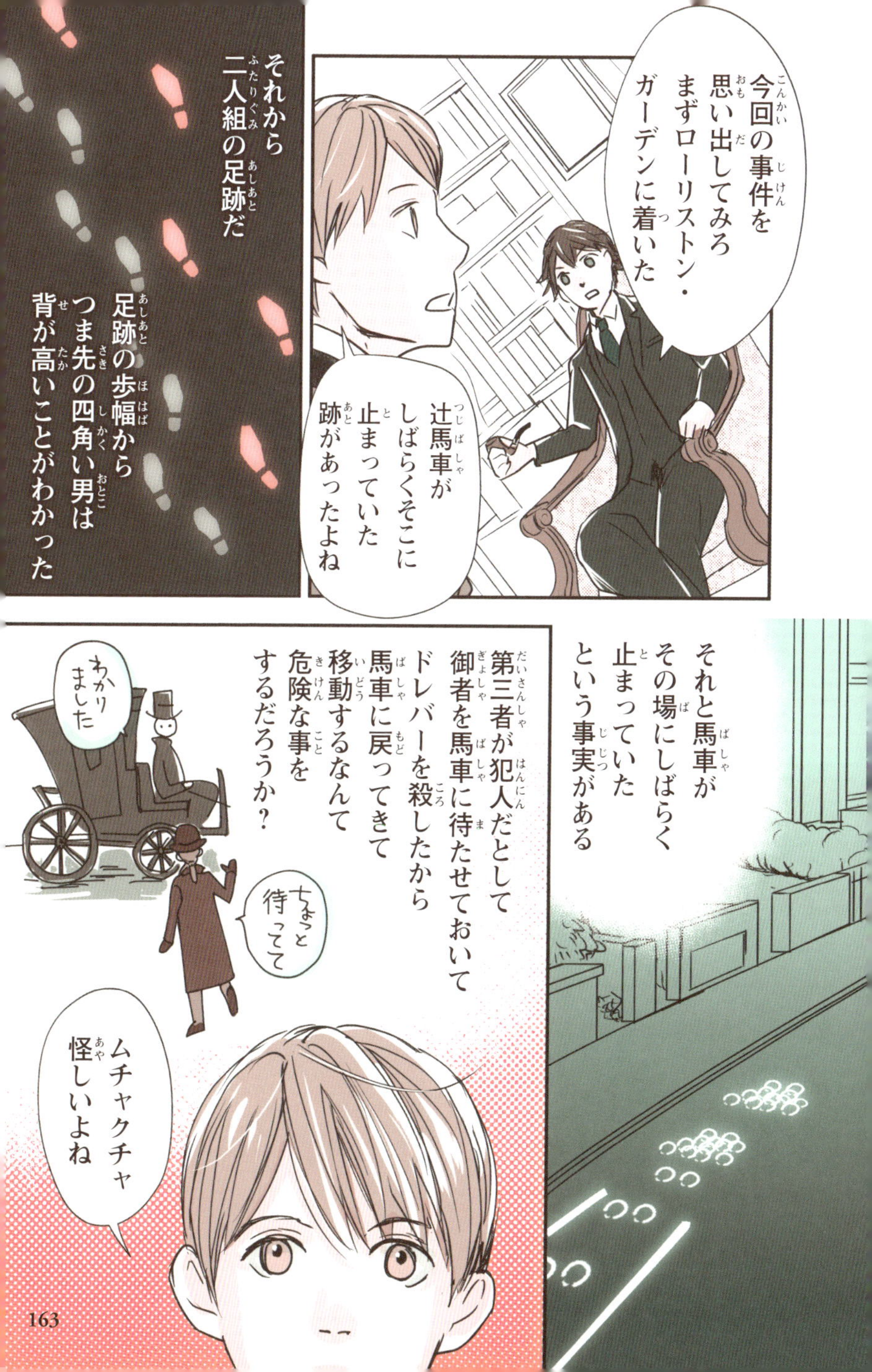
今回《こんかい》の事件《じけん》を思《おも》い出《だ》してみろ まずローリストン・ガーデンに着《つ》いた
辻馬車《つじばしゃ》がしばらくそこに止《と》まっていた跡《あと》があったよね
それから二人組《ふたりぐみ》の足跡《あしあと》だ
足跡《あしあと》の歩幅《ほはば》からつま先《さき》の四角《しかく》い男《おとこ》は背《せ》が高《たか》いことがわかった
それと馬車《ばしゃ》がその場《ば》にしばらく止《と》まっていたという事実《じじつ》がある
第三者《だいさんしゃ》が犯人《はんにん》だとして御者《ぎょしゃ》を馬車《ばしゃ》に待《ま》たせておいてドレバーを殺《ころ》したから馬車《ばしゃ》に戻《もど》ってきて移動《いどう》するなんて危険《きけん》な事《こと》をするだろうか？
わかりました
ちょっと待ってて
ムチャクチャ怪《あや》しいよね

つまりドレバーを運《はこ》んだのは御者本人《ぎょしゃほんにん》ということになる
室内《しつない》の様子《ようす》は覚《おぼ》えてるな?
足跡《あしあと》と革靴《かわぐつ》が一致《いっち》し死因《しいん》は毒物《どくぶつ》だと判明《はんめい》
財布《さいふ》が盗《ぬす》まれてないから強盗《ごうとう》じゃない暗殺《あんさつ》も考《かんが》えられるよね
犯人《はんにん》は部屋中《へやじゅう》に足跡《あしあと》を残《のこ》していたつまりずっとそこにいたことを意味《いみ》する
ここで動機《どうき》という大《おお》きな問題《もんだい》にぶつかったんだ

そうか！暗殺《あんさつ》なら殺《ころ》してすぐに帰《かえ》ればいいものねということは…
ポンッ
恨《うら》みの犯行《はんこう》というわけだ！
決《き》め手《て》は結婚指輪《けっこんゆびわ》さ女性《じょせい》に関《かん》する恨《うら》みだと考《かんが》えた
それでドレバーの結婚《けっこん》をアメリカまで問《と》い合《あ》わせたんだね
ドレバーはホープからの保護《ほご》を申《もう》し立《た》てていたと返事《へんじ》がきた
そう考《かんが》えると…壁《かべ》に書《か》かれたRACHEの文字《もじ》だけ浮《う》くね
RACHE
つまり目《め》くらましってわけだ
…てことは？

アメリカから電報《でんぽう》が届《とど》いたときに犯人《はんにん》はジェファーソン・ホープという名《な》の御者《ぎょしゃ》だってわかってたの？
まさか…
ある男《おとこ》が別《べつ》の男《おとこ》をつけ回《まわ》したいのなら辻馬車《つじばしゃ》の御者《ぎょしゃ》がうってつけさ
だから辻馬車《つじばしゃ》を気《き》にしていたのか…
スタンガーソンの殺害《さつがい》は予想《よそう》してなかった…
でも、あの事件《じけん》で毒薬《どくやく》を見《み》つけられたじゃないか
あの毒薬《どくやく》ですべての出来事《できごと》が論理的《ろんりてき》につながったよ

残《のこ》された謎《なぞ》は…
あの指輪《ゆびわ》を奪《うば》った人物《じんぶつ》だけだ…
でもさホームズ…
僕《ぼく》はいつも思《おも》うんだ
君《きみ》が探偵《たんてい》で良《よ》かったって
君《きみ》になら言《い》ってもいいと思《おも》うけど…
僕《ぼく》は自分《じぶん》がすばらしい犯罪者《はんざいしゃ》になれたのではないかと思《おも》うときがあるよ
君《きみ》が犯罪者《はんざいしゃ》じゃなくてロンドン市民《しみん》は本当《ほんとう》に幸《しあわ》せだよ

だがしかし…もしこのロンドンに僕《ぼく》と正反対《せいはんたい》の人間《にんげん》がいたら？
犯罪《はんざい》の…コンサルタント
そんな人間《にんげん》が…いろいろな犯罪《はんざい》の手引《てび》きをして…
ホープにも手《て》を貸《か》していたとしたら？
それでも君《きみ》がいる！
僕《ぼく》が信頼《しんらい》するシャーロック・ホームズが絶対《ぜったい》に事件《じけん》を阻止《そし》するさ！

ありがとう…ワトソン
え? 何《なに》か言《い》った?
てれっ
いや…なんでもない
ぐっ
さぁ、新《あら》たな緋色《ひいろ》の研究《けんきゅう》に取《と》り組もう
え~今《いま》からやるの~
すぐに取《と》りかかることが成功《せいこう》の秘訣《ひけつ》さ!

もっと知《し》りたい！

ホームズの世界《せかい》 1

ホームズ達《たち》が活躍《かつやく》した19世紀《せいき》のロンドンは、どんな場所《ばしょ》だったのかな。
物語《ものがたり》を深《ふか》く知《し》るために、ちょっとのぞいてみよう！

この時代《じだい》はどんなお金《かね》が使《つか》われていたの？

シャーロック・ホームズの舞台《ぶたい》は19世紀後半《せいきこうはん》のイギリス。その頃《ころ》のイギリスは、ヴィクトリア女王《じょおう》が国《くに》を治《おさ》めていたヴィクトリア朝《ちょう》という時代《じだい》でした。当時《とうじ》は「ポンド」「シリング」「ペニー」といったお金《かね》の単位《たんい》が同時《どうじ》に使《つか》われていました。日本《にほん》のお金《かね》の単位《たんい》は「円《えん》」だけですので、とても複雑《ふくざつ》なことがわかりますね。さらに「ギニー」「ソブリン」などさまざまな呼《よ》び方《かた》もあり、いろいろなお金《かね》が行《い》き交《か》っていたのです。

当時《とうじ》の主《おも》な通貨換算表《つうかかんさんひょう》

1ポンド	＝	約《やく》2万《まん》4000円《えん》
1ポンド	＝	20シリング
1シリング	＝	12ペンス（ペニー）
1ギニー	＝	21シリング
1ソブリン	＝	1ポンド

※19世紀当時《せいきとうじ》の1ポンドの価値《かち》と、現在《げんざい》の価値《かち》は大《おお》きく異《こと》なります。

現在《げんざい》の1ポンドは、日本円《にほんえん》で150〜180円《えん》くらいだよ

主《おも》な硬貨《こうか》

ソブリン金貨《きんか》

「ソブリン」はお金《かね》の単位《たんい》ではなく、金貨《きんか》の名称《めいしょう》です。表《おもて》にはヴィクトリア女王《じょおう》、裏《うら》にはキリスト教《きょう》の聖人《じん》セントジョージが描《えが》かれています。

1シリング銀貨《ぎんか》

時代《じだい》によってさまざまな硬貨《こうか》が作《つく》られました。この1シリング銀貨《ぎんか》も一例《いちれい》です。表《おもて》には若《わか》い頃《ころ》のヴィクトリア女王《じょおう》の横顔《よこがお》が描《えが》かれています。

1ペニー銅貨《どうか》

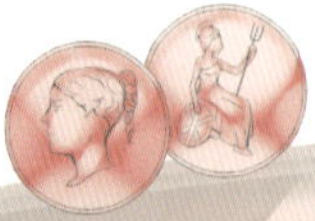

「ペニー」は1ペニーのみに使《つか》われ、それ以上《いじょう》は「ペンス」を使《つか》います。表《おもて》はヴィクトリア女王《じょおう》、裏《うら》はイギリスを象徴《しょうちょう》する女神《めがみ》ブリタニアが描《えが》かれています。

ホームズたちがよく乗《の》る辻馬車《つじばしゃ》ってどんなもの？

馬車《ばしゃ》の中《なか》は向《む》かい合《あ》って座《すわ》れるようになっているものが多《おお》く、定員《ていいん》は４名《めい》くらいだった。

タクシーのように使《つか》ってロンドン中《じゅう》を移動《いどう》できる

当時《とうじ》、日常的《にちじょうてき》な乗《の》り物《もの》としては馬車《ばしゃ》がメインでした。中《なか》でも今《いま》でいうタクシーのように街中《まちなか》を走《はし》っていて、好《す》きな場所《ばしょ》へ連《つ》れて行《い》ってくれる辻馬車《つじばしゃ》はよく利用《りよう》されていました。運賃《うんちん》は距離《きょり》によっておおまかに決《き》まっていたようですが、ホームズは現場《げんば》へと急《いそ》ぐため、特急料金《とっきゅうりょうきん》を上乗《うわの》せして払《はら》うこともありました。

馬車《ばしゃ》を運転《うんてん》する御者《ぎょしゃ》に
聞《き》き込《こ》みをするのは調査《ちょうさ》の基本《きほん》だ

物語《ものがたり》に出てくる難《むずか》しい言葉《ことば》や
知《し》っておきたい知識《ちしき》をチェック！

キーワード解説《かいせつ》

拾得物広告《しゅうとくぶつこうこく》

当時《とうじ》の新聞《しんぶん》は、市民《しみん》たちの重要《じゅうよう》な情報《じょうほう》交換《こうかん》、コミュニケーションの手段《しゅだん》になっていました。「落《お》とし物《もの》を拾《ひろ》いました」「無《な》くしものを探《さが》しています」というような拾得物広告《しゅうとくぶつこうこく》も頻繁《ひんぱん》に出《で》ていました。

クリーブランド

アメリカ北東部《ほくとうぶ》オハイオ州《しゅう》にある都市《とし》。カナダとの国境《こっきょう》にあるエリー湖《みずうみ》の南《みなみ》にあり、水資源《みずしげん》が豊富《ほうふ》です。19世紀《せいき》に入《は》ると工業《こうぎょう》が発達《はったつ》し、人口《じんこう》も大幅《おおはば》に増加《ぞうか》、20世紀《せいき》のはじめには、アメリカで5番《ばん》目《め》に人口《じんこう》の多《おお》い都市《とし》でした。

ピカデリー・サーカス

ロンドンの中心部《ちゅうしんぶ》にある広場《ひろば》で1819年《ねん》に建設《けんせつ》されました。いくつもの道路《どうろ》が交《こう》差《さ》し、交通量《こうつうりょう》が多《おお》いのが特徴《とくちょう》。ギリシア神話《しんわ》の神《かみ》エロスの像《ぞう》がシンボルになっています。現在《げんざい》でもロンドンの中心《ちゅうしん》として多《おお》くの店《みせ》や劇場《げきじょう》が並《なら》び、市民《しみん》や観光客《かんこうきゃく》でにぎわっています。

保護《ほご》申《もう》し立《た》て

特定《とくてい》の人物《じんぶつ》に暴力《ぼうりょく》をふるわれたり、命《いのち》をねらわれたりする可能性《かのうせい》が高《たか》い人《ひと》が、法律《ほうりつ》によって保護《ほご》してもらえるよう申請《しんせい》すること。裁判所《さいばんしょ》は、該当《がいとう》する人物《じんぶつ》に対《たい》し、保護申請《ほごしんせい》した人《ひと》に近寄《ちかよ》らないよう命《めい》じることができます。

厩舎《きゅうしゃ》

馬《うま》を飼《か》っている場所《ばしょ》のこと。屋根《やね》のある場所《ばしょ》に何頭《なんとう》もの馬《うま》がつなぎとめられており、そこで餌《えさ》やりなどの世話《せわ》をします。１頭《とう》ずつ仕切《しき》りがあるのがふつうです。辻馬車《つじばしゃ》の馬《うま》が飼《か》われている一般《いっぱん》の厩舎《きゅうしゃ》から王立《おうりつ》の厩舎《きゅうしゃ》までさまざまでした。

開拓団《かいたくだん》

アメリカにはもともと先住民《せんじゅうみん》と呼《よ》ばれる人々《ひとびと》が住《す》んでいましたが、ヨーロッパ系《けい》の人々《ひとびと》が上陸《じょうりく》し、土地《とち》を奪《うば》って開拓《かいたく》していきました。アメリカを開拓《かいたく》した人々《ひとびと》を「開《かい》拓団《たくだん》」といいます。

リバプール

イギリス北西部《ほくせいぶ》にある、マージーサイド州《しゅう》の都市《とし》。アイリッシュ海《かい》に面《めん》した港町《みなとまち》で、19世紀《せいき》にはアメリカとの交易《こうえき》がさかんとなり、「イギリス一《いち》の港町《みなとまち》」と呼《よ》ばれました。当時《とうじ》の建物《たてもの》が残《のこ》る港《みなと》は、現在《げんざい》では世界遺産《せかいいさん》に登録《とうろく》されています。

コペンハーゲン

デンマークの首都《しゅと》で北《きた》ヨーロッパを代表《だいひょう》する大都市《だいとし》。デンマークは大陸《たいりく》につながったユトランド半島《はんとう》とフュン島《とう》、ロラン島《とう》、シュラン島《とう》などの島《しま》からなり、コペンハーゲンはシュラン島《とう》に位置《いち》しています。海《うみ》に面《めん》しており、外国《がいこく》との行《ゆ》き来《き》もさかんでした。

ユーストン駅《えき》

ロンドン中心部《ちゅうしんぶ》の北部《ほくぶ》に位置《いち》する大《おお》きな駅《えき》で、１日《にち》の利用者数《りようしゃすう》はロンドンの中《なか》でもかなりの多《おお》さをほこります。1837年《ねん》に開業《かいぎょう》した当時《とうじ》は小《ちい》さな駅《えき》でしたが、イギリスの交通《こうつう》や工業《こうぎょう》の発展《はってん》に伴《ともな》い、駅舎《えきしゃ》も拡大《かくだい》されていきました。

人相書《にんそうが》き

特定《とくてい》の人物《じんぶつ》の似顔絵《にがおえ》と細《こま》かな特徴《とくちょう》を書《か》き込《こ》んだもの。行方《ゆくえ》不明者《ふめいしゃ》の捜索《そうさく》や、事件《じけん》の容疑者《ようぎしゃ》の追跡《ついせき》をする際《さい》などによく用《もち》いられます。

ホームズに挑戦《ちょうせん》！

推理《すいり》クイズ

ホームズからの挑戦状《ちょうせんじょう》が届《とど》いたよ。
みんなはこの謎《なぞ》が解《と》けるかな？

問題《もんだい》1

ロンドン郊外《こうがい》にある貴族《きぞく》の館《やかた》で
殺人事件《さつじんじけん》が起《お》こった。

警察《けいさつ》の調査《ちょうさ》により、犯人《はんにん》は
五人《ごにん》の使用人《しようにん》の中《なか》にいることがわかった。
一人《ひとり》ずつ取《と》り調《しら》べをしていくと、
五人《ごにん》の供述《きょうじゅつ》が食《く》い違《ちが》っている。

誰《だれ》が嘘《うそ》をついているのかを暴《あば》いて
犯人《はんにん》を推理《すいり》してくれ。
嘘《うそ》をついているのは一人《ひとり》だけだぞ。

A 私《わたし》は犯人《はんにん》ではありません！

B Cは犯人《はんにん》ではないのは確《たし》かだ

C Dは犯人《はんにん》ではない

D Bは嘘《うそ》をついている！

E 犯人《はんにん》はBです！

Aから順《じゅん》に犯人《はんにん》だと仮定《かてい》して嘘《うそ》をついている人数《にんずう》を考《かんが》えてみてくれ

お元気《げんき》ですか？

この前《まえ》、リバプール駅前《えきまえ》で喫茶店《きっさてん》に入《はい》ったんです。

コーヒーを飲《の》もうと思《おも》ったら、あちっ…とやけどをしちゃったんです。

思《おも》わずたちあがって大声《おおごえ》を出《だ》してしまいました。

店員《てんいん》がすぐに水《みず》を持《も》ってきてくれて助《たす》かりました。

この店《みせ》でいちばん人気《にんき》のメニューはシフォンケーキです。

あまりにおいしくて声《こえ》がふるえちゃいました。

にちようびには、こちらのケーキにいちごをのせてくれるそうです。

今度《こんど》一緒《いっしょ》に行《い》けたらいいですね！

さようなら。

P.S.　この手紙《てがみ》を読《よ》みたければ、

　　血《ち》の前《まえ》を通《とお》れ

問題《もんだい》2

この手紙《てがみ》の送《おく》り主《ぬし》が、本当《ほんとう》に伝《つた》えたいことはなんだろうか。

最後《さいご》までよく読《よ》んで推理《すいり》してほしい。

答《こた》え1

犯人《はんにん》はB（嘘《うそ》をついているのはD）

Aが犯人《はんにん》の場合《ばあい》、AとEの二人《ふたり》が嘘《うそ》をついていることになる。**Bが犯人《はんにん》**の場《ば》合《あい》、Dの証言《しょうげん》だけが嘘《うそ》ということになる。**Cが犯人《はんにん》**の場合《ばあい》、BとEの二人《ふたり》が嘘《うそ》をついていることになる。**Dが犯人《はんにん》**の場合《ばあい》、CとEの二人《ふたり》が嘘《うそ》をついていることになる。**Eが犯人《はんにん》**の場合《ばあい》、DとEの二人《ふたり》が嘘《うそ》をついていることになる。嘘《うそ》をついているのが一人《ひとり》になるのは、Bが犯人《はんにん》の場合《ばあい》だけ。

答《こた》え2

「あしたいえにこい（明日《あした》家《いえ》に来《こ》い）」

お元気《げんき》ですか？
この前《まえ》、リバプール駅前《えきまえ》で喫茶店《きっさてん》に入《はい》ったんです。
コーヒーを飲《の》もうと思《おも》ったら、あちっ…とやけどをしちゃっ
たんです。
思《おも》わずたちあがって大声《おおごえ》を出《だ》してしまいました。
店員《てんいん》がすぐに水《みず》を持《も》ってきてくれて助《たす》かりました。
この店《みせ》でいちばん人気《にんき》のメニューはシフォンケーキです。
あまりにおいしくて声《こえ》がふるえちゃいました。
にちようびには、こちらのケーキにいちごをのせてくれるそ
うです。
今度一緒《こんどいっしょ》に行《い》けたらいいですね！
さようなら。

血《ち》の前《まえ》を通《とお》れ
↓
「ちの前《まえ》を通《とお》れ」

ちの前《まえ》の文字《もじ》を順《じゅん》に読《よ》む。

事件《じけん》ファイルQ

ボール箱《ばこ》

マンガ
沢《さわ》音《ね》千《ち》尋《ひろ》

絵《え》
朔《さく》

文《ぶん》
森《もり》永《なが》ひとみ

登《とう》場《じょう》人《じん》物《ぶつ》紹《しょう》介《かい》

この事件《じけん》に登場《とうじょう》する人物《じんぶつ》を紹介《しょうかい》するよ！

スーザン・カッシング

三姉妹《さんしまい》の長女《ちょうじょ》。クロイドンの家《いえ》で一人暮《ひとりぐ》らし

レストレード警部《けいぶ》

ロンドン警視庁《けいしちょう》（スコットランドヤード）の警部《けいぶ》

医学生《いがくせい》たち

カッシング家《け》に下宿《げしゅく》していた

三姉妹《さんしまい》

夫婦《ふうふ》

ジェームズ・ブラウナー

メアリの夫《おっと》。船《ふね》の客室乗《きゃくしつじょう》務員《むいん》をしている

メアリ・ブラウナー

三姉妹《さんしまい》の三女《さんじょ》。3ヶ月《かげつ》前《まえ》に結婚《けっこん》して家《いえ》を出《で》た

セーラ・カッシング

三姉妹《さんしまい》の次女《じじょ》。最近《さいきん》一人暮《ひとりぐ》らしを始《はじ》めた。気《き》が強《つよ》い性格《せいかく》

うーん…取《と》っておいた方《ほう》がいいかな
どう思《おも》う？セーラ
スーザン・カッシング
三姉妹《さんしまい》の長女《ちょうじょ》
ここクロイドンの家《いえ》に一人暮《ひとりぐ》らし
捨《す》てちゃいなさいよスーザン姉《ねえ》さん
セーラ・カッシング
三姉妹《さんしまい》の次女《じじょ》
迷惑《めいわく》な元下宿人《もとげしゅくにん》たちの物《もの》なんて全部《ぜんぶ》捨《す》てればいいんだわ
ドサドサッ
あいつらなんて医学生《いがくせい》だから品行方正《ひんこうほうせい》だと思《おも》ってたのに
酔《よ》ってバカ騒《さわ》ぎするし最後《さいご》はケンカばかりして
ワィワイ

ケンカの原因《げんいん》はセーラだったけどね
そもそもは姉《ねえ》さんのためだったの
姉《ねえ》さん、男《おとこ》の人《ひと》に壁《かべ》を作《つく》るからあたしが間《あいだ》に入《はい》って仲良《なかよ》くしてたら…まああいつらはともかく
最後《さいご》のほうはほとんどセーラの取《と》り合《あ》いだったじゃない
そんなんじゃいつまでも姉《ねえ》さん恋人《こいびと》ができないわよ
恋人《こいびと》って…
セーラは美人《びじん》でしっかりして男《おとこ》の人《ひと》にもてるけどあたしは無理《むり》よ
先《さき》に結婚《けっこん》した妹《いもうと》のメアリだって

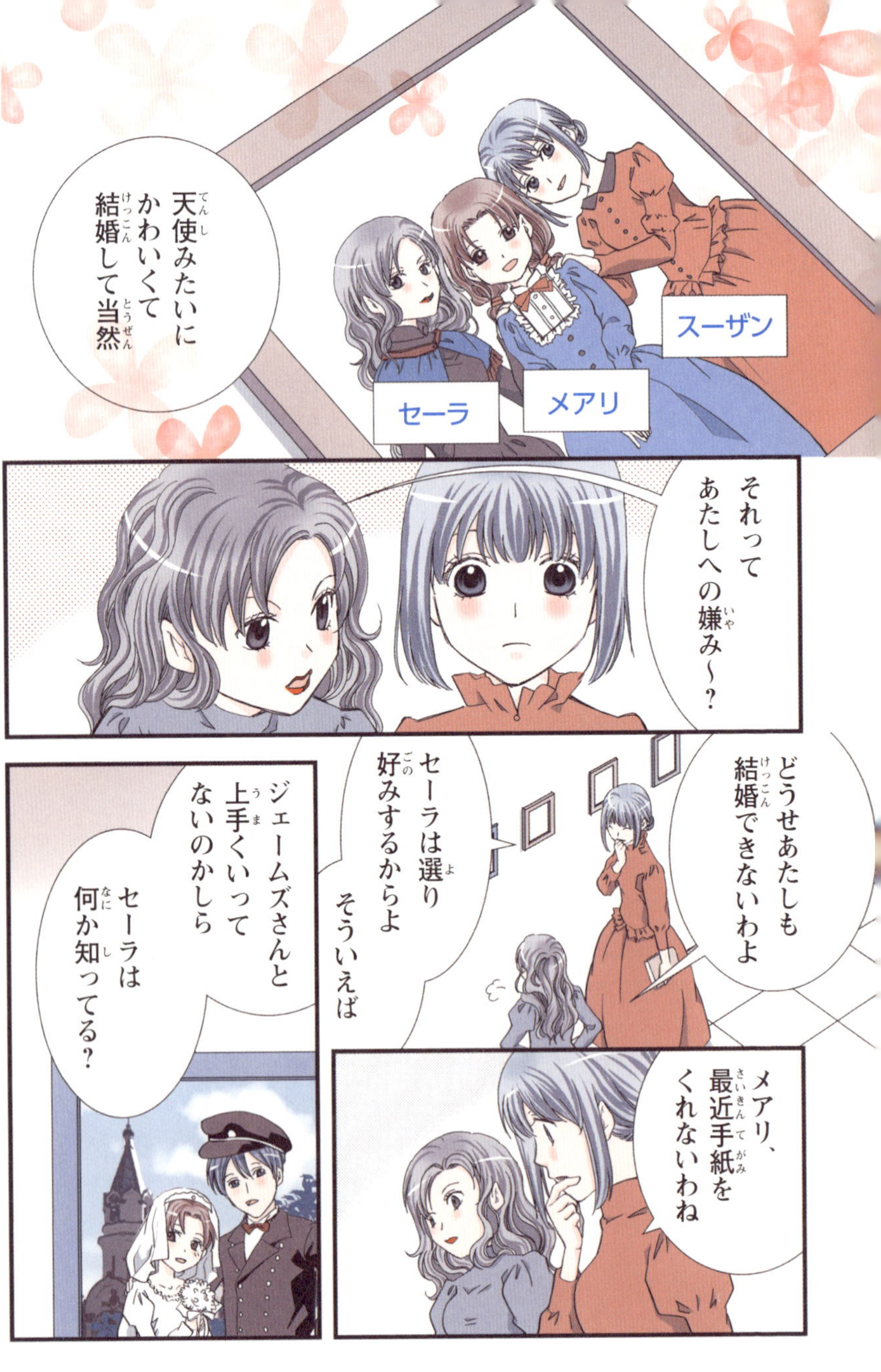
天使《てんし》みたいにかわいくて結婚《けっこん》して当然《とうぜん》
スーザン
メアリ
セーラ
それってあたしへの嫌《いや》み〜？
どうせあたしも結婚《けっこん》できないわよ
セーラは選《よ》り好《この》みするからよ
そういえば
ジェームズさんと上手《うま》くいってないのかしら
セーラは何《なに》か知《し》ってる？
メアリ、最近《さいきん》手紙《てがみ》をくれないわね

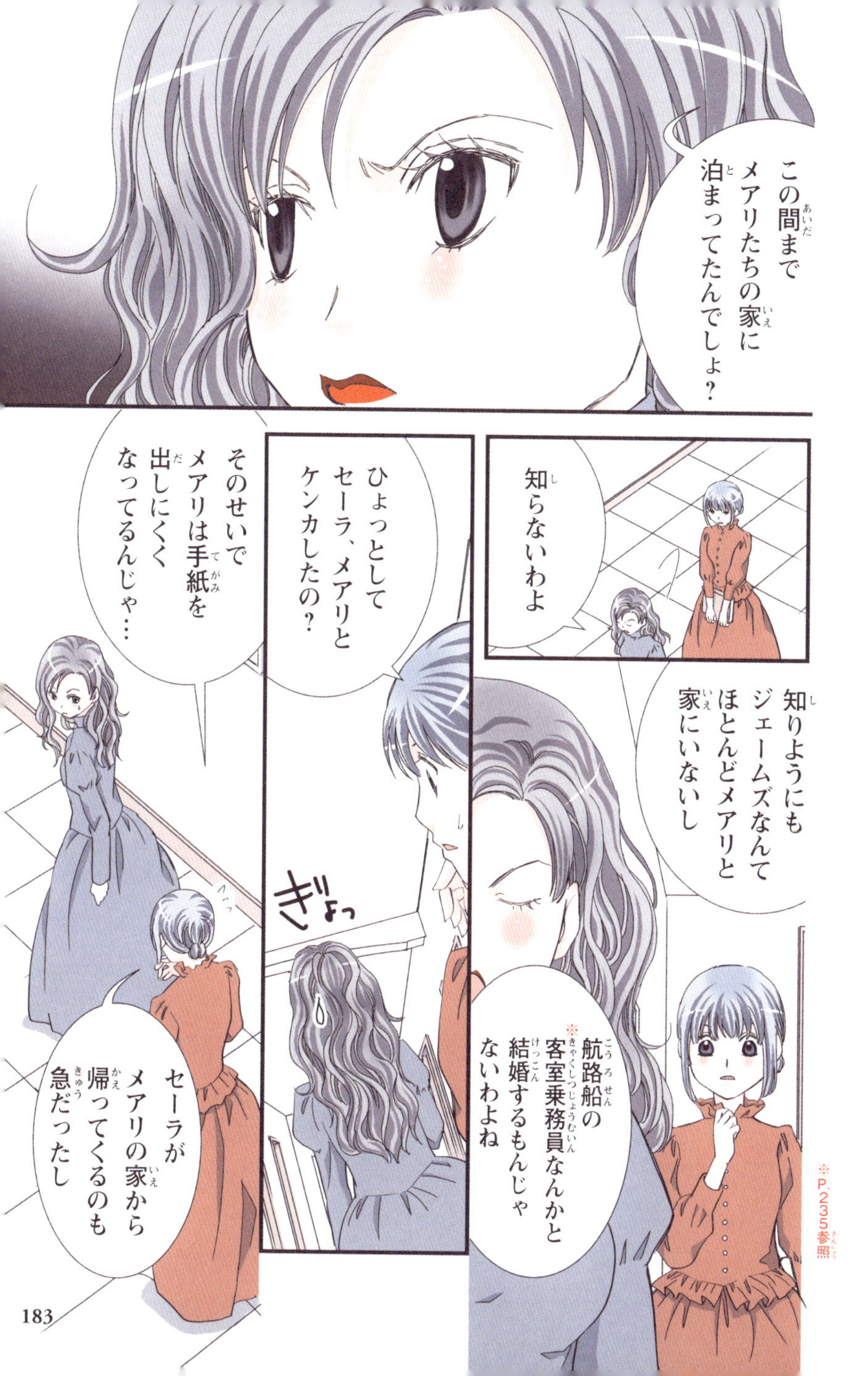
この間《あいだ》まで メアリたちの家《いえ》に 泊《と》まってたんでしょ？
知《し》らないわよ
知《し》りようにも ジェームズなんて ほとんどメアリと 家《いえ》にいないし
ひょっとして セーラ、メアリと ケンカしたの？
そのせいで メアリは手紙《てがみ》を 出《だ》しにくく なってるんじゃ…
ぎょっ
航路船《こうろせん》の ※客室乗務員《きゃくしつじょうむいん》なんかと 結婚《けっこん》するもんじゃ ないわよね
セーラが メアリの家《いえ》から 帰《かえ》ってくるのも 急《きゅう》だったし
※P.235参照《さんしょう》

あ！この家《いえ》まで出《で》て行《い》くって言《い》い出《だ》したのも関係《かんけい》あるんじゃ…
メアリとはケンカしてないわよ
帰《かえ》ってきたのはただ居候《いそうろう》してるのも悪《わる》いなって思《おも》ったの
それにこの家《いえ》を出《で》て行《い》くのだって
メアリたちを見《み》て結婚《けっこん》したいなあって思《おも》ったのよ
姉妹《しまい》が一緒《いっしょ》に住《す》んでたら結婚《けっこん》なんて出来《でき》ないわ
そろそろ帰《かえ》るわね日《ひ》も暮《く》れちゃうし
また手伝いに来るねーっ
しゃん…
カッシングさんお届《とど》け物《もの》です

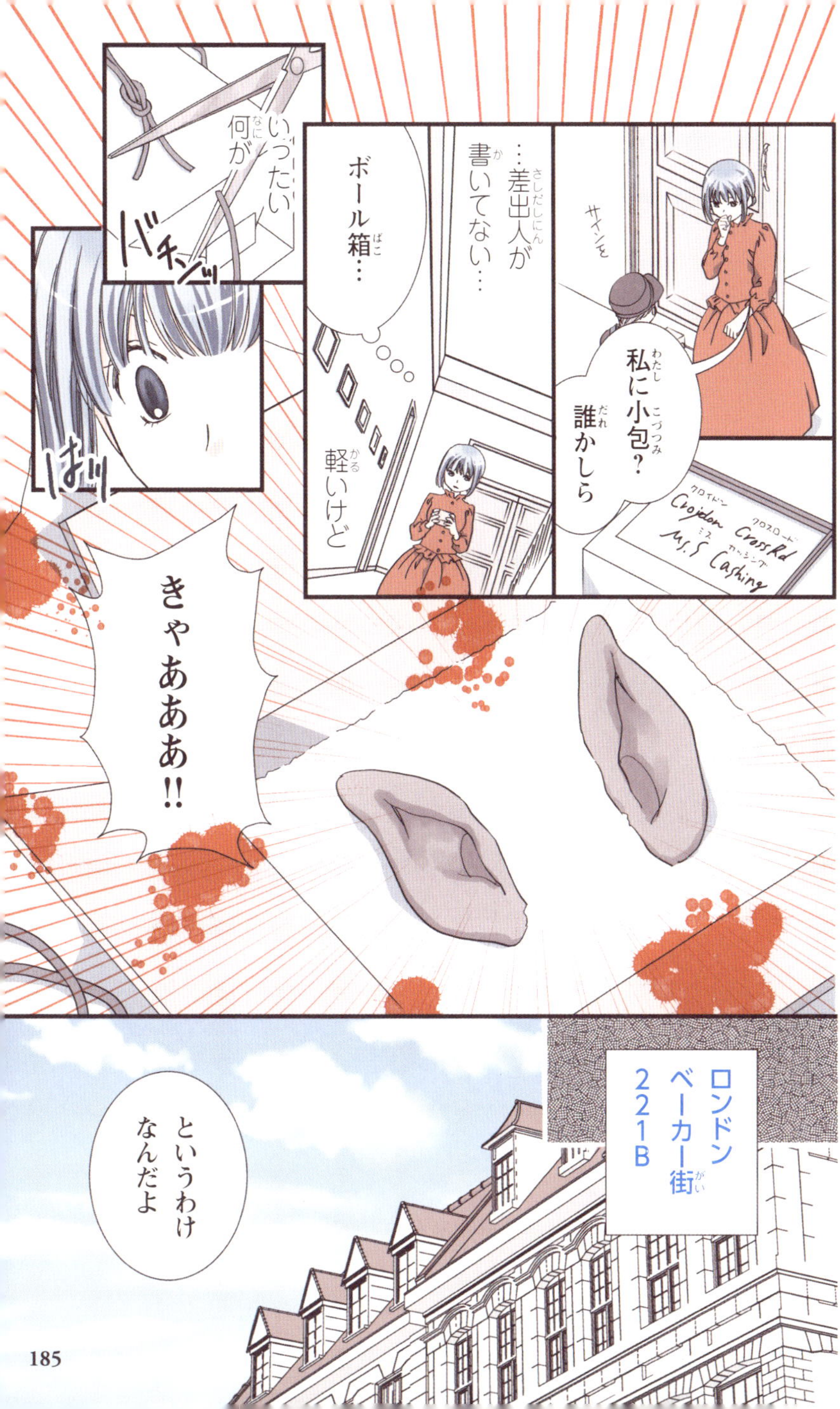

サインを
私《わたし》に小包《こづつみ》？
誰《だれ》かしら
Crojdon《クロイドン》 CrossRd《クロスロード》
Ms.《ミス》 S Cashing《カッシング》
…差出人《さしだしにん》が書《か》いてない…
ボール箱《ばこ》…
軽《かる》いけど
いったい何《なに》が
バチンッ
はッ
きゃあああ!!
ロンドン
ベーカー街《がい》
221B
というわけなんだよ

切断《せつだん》された耳《みみ》が二《ふた》つ届《とど》くなんて奇妙《きみょう》な事件《じけん》だろ？
追《お》い出《だ》された医学生《いがくせい》のいたずらじゃないのか？
シャーロック・ホームズ
世界初《せかいはつ》の私立探偵《しりつたんてい》
ところが耳《みみ》には防腐剤《ぼうふざい》が注入《ちゅうにゅう》されていない
解剖室《かいぼうしつ》の死体《したい》を使《つか》ったいたずらではない
へえ いいところに気《き》づいたね レストレード警部《けいぶ》
レストレード警部《けいぶ》
ロンドン警視庁《けいしちょう》の警察官《けいさつかん》

医学《いがく》の心得《こころえ》があれば石灰酸《せっかいさん》やエタノールを防腐剤《ぼうふざい》として使《つか》うもんね
ジョン・H・ワトソン
医者《いしゃ》・ホームズの相棒《あいぼう》
この程度《ていど》の推理《すいり》は朝飯前《あさめしまえ》さ
君《きみ》の推理《すいり》か？レストレード警部《けいぶ》
えっ⁉
君《きみ》なのか？
グレッグソン警部《けいぶ》が…
しゅん…
……

※ 行動《こうどう》に落《お》ちつきがないこと

※1 ロンドン郊外《こうがい》の南《みなみ》に位置《いち》する街《まち》（P. 235参照《さんしょう》）
※2 ロンドン中心地《ちゅうしんち》にある大《おお》きな駅《えき》（P. 235参照《さんしょう》）
※3 12マイル＝約《やく》19キロメートル

クロイドン
スーザンの家《いえ》
僕《ぼく》はスコットランドヤードのレストレードです
そして彼《かれ》はシャーロック・ホームズ
まあ、あの有名《ゆうめい》な…
いくつか質問《しつもん》してもよろしいでしょうか？
帰《かえ》って

姉《ねえ》さんは何《なに》も知《し》らないって言《い》ってるでしょ
何度《なんど》も何度《なんど》も同《おな》じこと聞《き》いて犯人《はんにん》を捕《つか》まえもせず
こっちがどれだけ気味《きみ》が悪《わる》い思《おも》いをしたと思《おも》ってるの
ですよね
あわわ
僕《ぼく》は医者《いしゃ》のワトソン
この事件《じけん》で大変《たいへん》な思《おも》いをされてるというのにすみません
好み医者だし
本当《ほんとう》、その通《とお》りですわ
ポイ
よろり…

事件以来《じけんいらい》 ずっと 眠《ねむ》れなくて…
あんな 気味《きみ》の悪《わる》い物《もの》 納屋《なや》に置《お》いて ますわ
キッ
届《とど》いた物《もの》を 見《み》せてください
納屋《なや》はどちらに
案内《あんない》します!
先生《せんせい》って モテるんだなあ
きゃっきゃっ
でも あいつは 女《おんな》を見《み》る目《め》が ないからな

あれです
あそこに見《み》える小《ち》さなボール箱《ばこ》
大丈夫《だいじょうぶ》です僕《ぼく》が取《と》ってきます
わかったよホームズ
箱《はこ》だけじゃなく包《つつ》み紙《がみ》とひももも忘《わす》れるなよ
えーと…

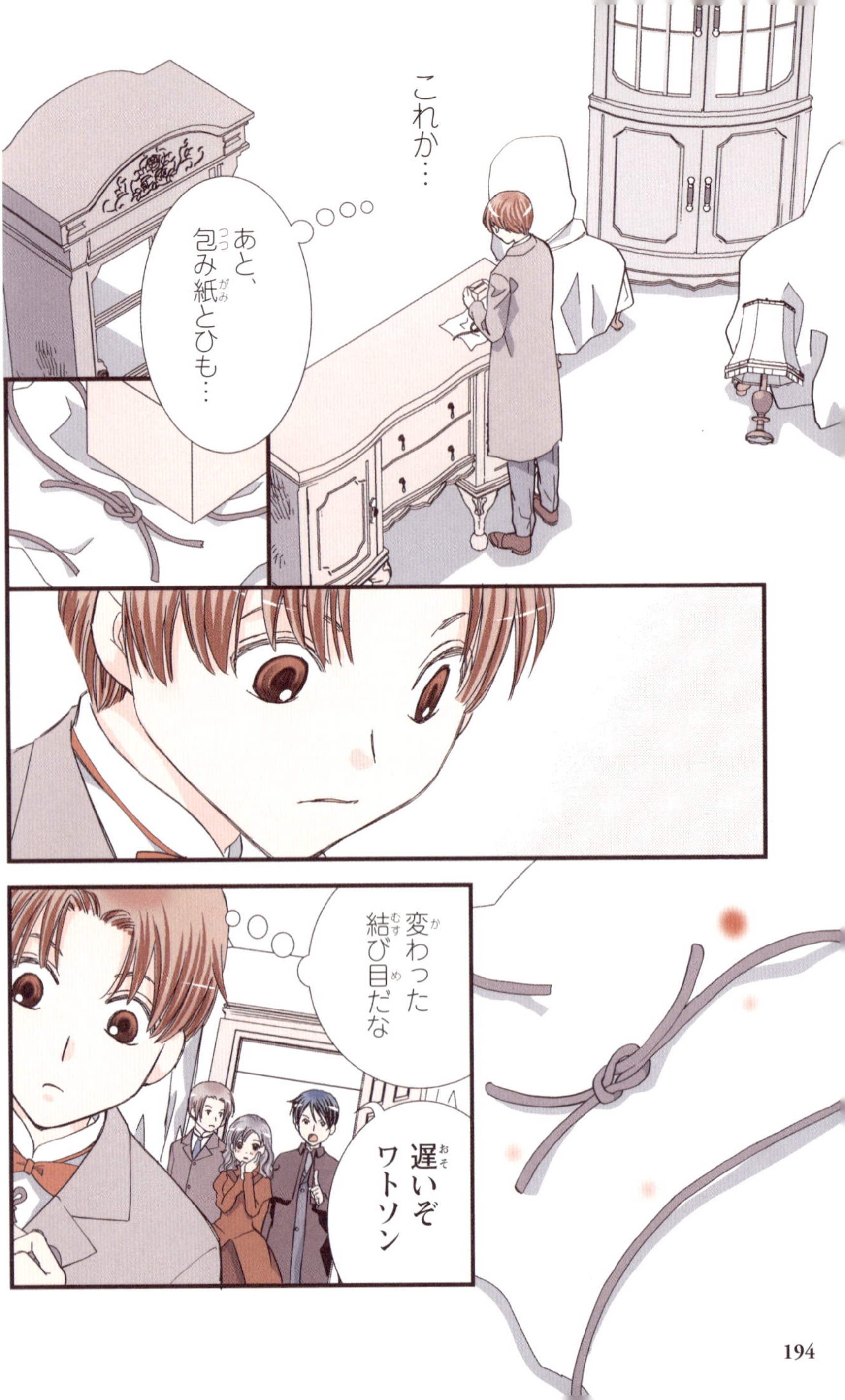
これか…
あと、包《つつ》み紙《がみ》とひも…
変《か》わった結《むす》び目《め》だな
遅《おそ》いぞワトソン

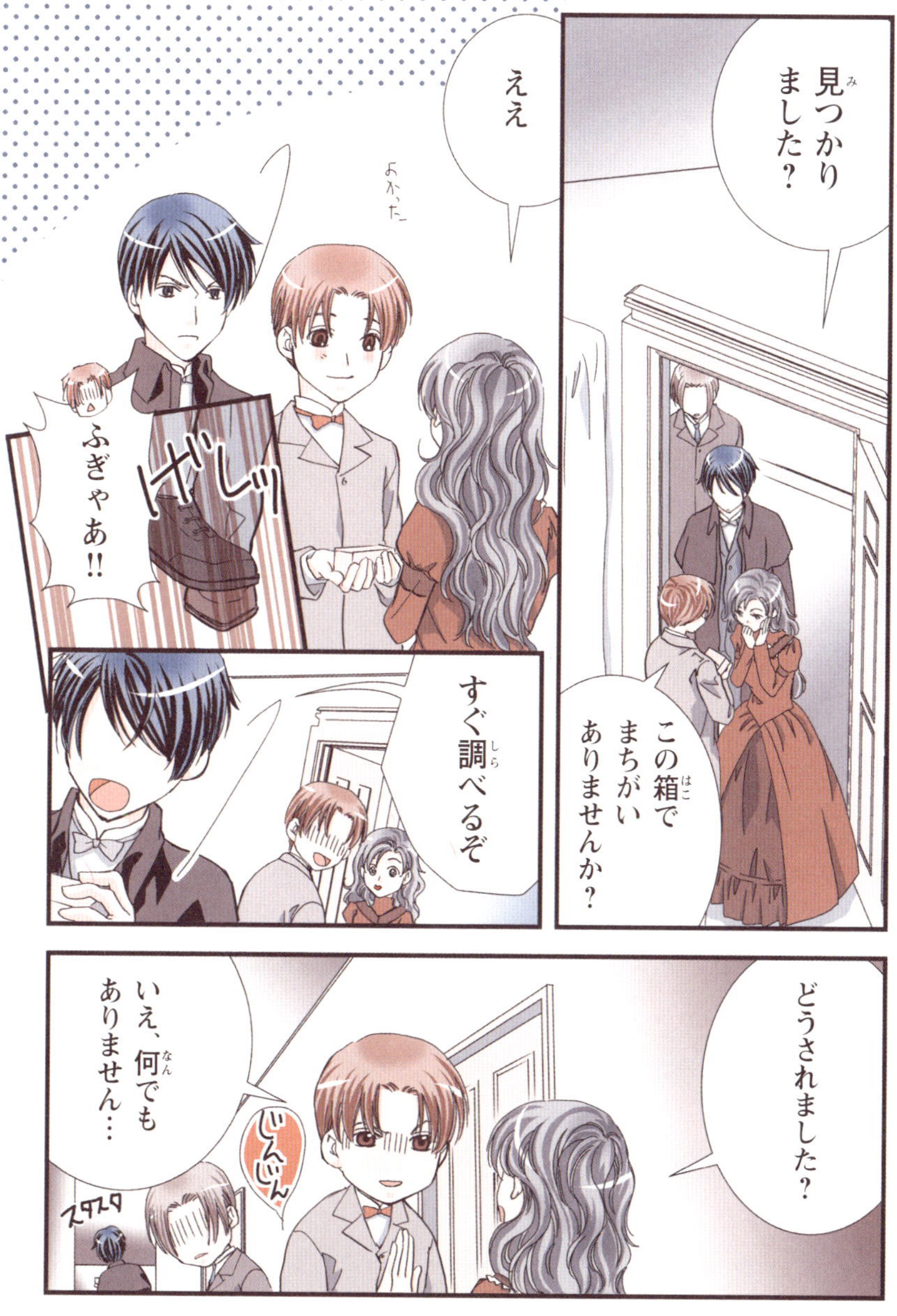
見《み》つかりました？
この箱《はこ》でまちがいありませんか？
ええ
よかった
ふぎゃあ!!
げしッ
すぐ調《しら》べるぞ
どうされました？
いえ、何《なん》でもありません…
じんじん
スタスタ

ホームズとレストレード警部《けいぶ》は庭《にわ》のベンチに腰掛《こしか》けボール箱《ばこ》を調《しら》べ始《はじ》めた。茶色《ちゃいろ》の包《つつ》み紙《がみ》には『S・カッシング様《さま》』と荒々《あらあら》しく書《か》かれている。投函《とうかん》されたのはベルファスト。イギリス北《ほく》西部《せいぶ》の港町《みなとまち》だ。

「この乱暴《らんぼう》な筆跡《ひっせき》は間違《まちが》いなく男《おとこ》だな」とレストレードはつぶやき「スーザンさんは誰《だれ》か男性《だんせい》に恨《うら》まれていませんでしたか？」とセーラに問《と》いかけた。

「姉《ねえ》さんは穏《おだ》やかで上品《じょうひん》なレディーよ。男《おとこ》に恨《うら》まれるなんて、あるわけないわ！」

セーラのきつい口調《くちょう》と冷《つめ》たい視線《しせん》にレストレードは閉口《へいこう》してしまった。

セーラはレストレードに向《む》けていた表情《ひょうじょう》とは

うって変《か》わって、満面《まんめん》の笑《え》みでワトソンに話《はな》しかけた。

「ワトソン先生《せんせい》、あんな気味《きみ》の悪《わる》いものは警察《けいさつ》に任《まか》せて、お部屋《へや》でお茶《ちゃ》でもいかがですか？」

「僕《ぼく》はホームズとレストレード警部《けいぶ》に協力《きょうりょく》するために来《き》たのです。セーラさんはお部屋《へや》で休《やす》んでください」

「いえ、先生《せんせい》のそばにいさせてください」とセーラは熱《あつ》い視線《しせん》でワトソンを見《み》つめた。

ホームズは茶化《ちゃか》すように「それじゃセーラ嬢《じょう》に犯人《はんにん》の心当《こころあ》たりがあるか聞《き》いてくれないか？　助手《じょしゅ》のワトソン君《くん》」と言《い》った。

助手《じょしゅ》じゃないって、反論《はんろん》しようとしたとき、セーラが「どうせ追《お》い出《だ》した医学生《いがくせい》たちの嫌《いや》がらせよ～」とワトソンの腕《うで》にしがみついてきた。

「いいえ医学生《いがくせい》ではありません」とホームズが言《い》い放《はな》った。

ホームズは箱《はこ》を縛《しば》っていたひもをつまみレストレードの目《め》の前《まえ》に掲《かか》げた。

「このひもはとても興味深《きょうみぶか》いぞ。レストレード、君《きみ》はこのひもをどう思《おも》う？」

レストレードはひもを取《と》り、臭《にお》いをかいだり、光《ひかり》にかざしたり、指先《ゆびさき》でこすってみたりして、ついにあることに気《き》がついた。

「このひも…※タールがついている」

ワトソンは「へぇ…珍《めずら》しいひもですね。なんでタールなんかがついているんでしょうね？」と言《い》ってセーラと顔《かお》を見合《みあ》わせた。

「このひもは船《ふね》に乗《の》っている帆《ほ》の修理者《しゅうりしゃ》が使《つか》う種類《しゅるい》のものだ」

「船《ふね》…ですって？」セーラの気《き》の強《つよ》そうな瞳《ひとみ》に動揺《どうよう》の色《いろ》が浮《う》かんだ。

「でも船《ふね》から盗《ぬす》んできたものかもしれないじゃないか？」

レストレードはひもの両端《りょうはし》をつかみ、ぴんと引《ひ》っ張《ぱ》りながらホームズに言《い》った。

「その結《むす》び目《め》、やけにしっかりしていると思《おも》わないか？」

「本当《ほんとう》だ…随分《ずいぶん》と堅《かた》く結《むす》んであるな。でも、何《なん》でちょうちょ結《むす》びじゃないんだ？」

「それは船員《せんいん》がよく使《つか》う結《むす》び方《かた》のひとつだ。つまりこのボール箱《ばこ》を送《おく》ったのは船員《せんいん》だということだ」

ホームズの答《こた》えを聞《き》き、セーラの表情《ひょうじょう》が青《あお》ざめた。

「次《つぎ》は届《とど》いた耳《みみ》を観察《かんさつ》しよう」

ホームズは話《はな》しながらボール箱《ばこ》の中《なか》から二《ふた》つの耳《みみ》を取《と》りだし、ワトソンとレストレード

※P.235参照《さんしょう》

は両側《りょうがわ》から、この恐《おそ》ろしい遺物《いぶつ》をのぞき込《こ》んだ。

二《ふた》つの耳《みみ》は粗塩《あらじお》に詰《つ》められていたため腐敗《ふはい》はそれほど進《すす》んでいない。しかし、傷口《きずぐち》はギザギザと荒《あら》く無残《むざん》な様子《ようす》だった。

「医師《いし》として、どう思《おも》う？　ワトソン」

「切《き》れ味《あじ》の悪《わる》いナイフか何《なに》かで切《き》り落《お》としたような傷口《きずぐち》だ。もし医学生《いがくせい》がやったのなら、良《よ》く切《き》れるメスを使《つか》うから、こんな傷口《きずぐち》にはならないよ」

レストレードは「耳《みみ》が小《ちい》さいと思《おも》わないか？　この大《おお》きさなら子《こ》どもか女性《じょせい》の耳《みみ》に違《ちが》いないな」と口《くち》を挟《はさ》む。

「この二《ふた》つの耳《みみ》の形《かたち》を見《み》てくれ」ホ

ームズが、それぞれの耳《みみ》を指《ゆび》さした。

「人《ひと》の耳《みみ》は、それぞれ独特《どくとく》な形《かたち》をしていて、まったく同《おな》じ耳《みみ》の形《かたち》をした人間《にんげん》はいない。だが、この耳《みみ》はどうだ？」

ワトソンが驚《おどろ》きの声《こえ》を上《あ》げた。

「耳介《じかい》※が同《おな》じような大《おお》きなカーブを描《えが》いてる。それに軟骨組織《なんこつそしき》も同《おな》じ形《かたち》をしている」

「先生《せんせい》…あの…何《なに》を言《い》ってるんだか、さっぱりわからないんだけど…」とレストレードが苦笑《にがわら》い「すみません…耳《みみ》の外側《そとがわ》のカーブが同《おな》じで、渦巻《うずま》きも同《おな》じ形《かたち》をしているってことです」

最初《さいしょ》からそう言《い》ってくださいよ、とレストレードは愚痴《ぐち》をこぼした。

※P.235参照《さんしょう》

「君《きみ》も警官《けいかん》なら医学用語《いがくようご》くらい頭《あたま》に入《い》れておけ！　そんなことだからグレッグソンにバカにされるんだ！　それより、同《おな》じ形《かたち》の耳《みみ》が意味《いみ》することはわかるよな？」

ワトソンが「この耳《みみ》は、同一人物《どういつじんぶつ》のもの…」とつぶやいた。

「その通《とお》り！　僕《ぼく》たちは重大《じゅうだい》な犯罪行為《はんざいこうい》を捜査《そうさ》してるというわけだ」

ホームズが硬《かた》い表情《ひょうじょう》で言《い》い放《はな》った。

その言葉《ことば》を聞《き》き、セーラは真《ま》っ青《さお》な顔《かお》でワトソンの腕《うで》にぎゅっとしがみついた。

「でも…何《なん》で姉《ねえ》さんに犯罪《はんざい》の証拠品《しょうこひん》を送《おく》りつけてきたの？　姉《ねえ》さんは誰《だれ》かから恨《うら》まれるようなことをする人《ひと》じゃないわ」

「その謎《なぞ》は僕《ぼく》たちが絶対《ぜったい》に解明《かいめい》してみせます」

ワトソンはセーラに力強《ちからづよ》い笑《え》みを向《む》けた。しかし、セーラは何《なに》か思《おも》い当《あ》たることがあるかのような素振《そぶ》りで、目《め》を背《そむ》けてしまった。

そのとき、ホームズは切《き》り取《と》られた耳《みみ》をつまんでセーラの目《め》の前《まえ》に差《さ》し出《だ》した。

「セーラさんは、この耳《みみ》の形《かたち》に見覚《みおぼ》えはありませんか？」

きゃあぁ、と悲鳴《ひめい》を上《あ》げ、セーラは失神《しっしん》してしまった。その場《ば》に崩《くず》れ落《お》ちそうな体《からだ》をワトソンが慌《あわ》てて抱《だ》きとめる。

「なんてことするの！　普通《ふつう》の人《ひと》にそんなもの見《み》せちゃだめでしょ！」

「まるで僕《ぼく》たちが普通《ふつう》じゃないみたいな言《い》い方《かた》だな」

「だって、僕《ぼく》は元軍医《もとぐんい》だから、ちょっとやそっとのものじゃ驚《おどろ》かないさ。それにレストレード警部《けいぶ》だって殺人事件《さつじんじけん》の現場《げんば》は見慣《みな》れているからなんともない。君《きみ》は…え～と…ヤバイ人《ひと》だし…とにかく普通《ふつう》の人《ひと》は遺体《いたい》の一部《いちぶ》なんて見《み》たら驚《おどろ》くものなの！」

ワトソンは言《い》っていて、自分《じぶん》がいつのまにかホームズと同《おな》じアブナイ人間《にんげん》の仲間入《なかまい》りをしているような気《き》になってしまった。

「とにかくセーラさんを家《いえ》へ連《つ》れて行《い》かないと…」

ワトソンがセーラを抱《だ》き上《あ》げたとき、はらりと髪《かみ》が流《なが》れた。

「動《うご》くなワトソン！」

「え？　なに？」ホームズの厳《きび》しい声《こえ》にワトソンはビクッと全身《ぜんしん》をこわばらせた。

細《ほそ》めた眼《め》はワトソンを見《み》つめていた。いや、ワトソンではない。ワトソンの腕《うで》に抱《だ》きかかえられたセーラを見《み》つめている。

「あの…ホームズ？　セーラさんに何《なに》か？」
ホームズは表情《ひょうじょう》をゆるめ「いや、なんでもない。早《はや》く部屋《へや》に連《つ》れて行《い》ったらどうだ？」
と微笑《ほほえ》んだ。
ワトソンは訳《わけ》もわからず、セーラを部屋《へや》へと運《はこ》んだ。

「さあ、我々《われわれ》も行《い》こう。スーザンさんにちょっと質問《しつもん》したいこともあるしね」

ホームズはボール箱《ばこ》と耳《みみ》をレストレードに押《お》しつけ、家《いえ》に向《む》かって歩《ある》き出《だ》した。


居間《いま》では、スーザンが疲《つか》れ切《き》った様子《ようす》でイスに腰掛《こしか》けていた。部屋《へや》に入《はい》ってきたホームズの顔《かお》を見《み》るなりスーザンは消《き》え入《い》りそうな声《こえ》で「この事件《じけん》は間違《まちが》いだと思《おも》います」とつぶやいた。

「あの小包《こづつみ》は私《わたし》じゃなくて、誰《だれ》か他《ほか》の人《ひと》に送《おく》ったものだと思《おも》います。地元《じもと》の警察《けいさつ》の方《かた》

にも言《い》ったのですが…誰《だれ》も取《と》り合《あ》ってくれなくて…」

「僕《ぼく》もスーザンさんに届《とど》いたのは間違《まちが》いだと思《おも》って……」

ホームズは突如《とつじょ》、話《はなし》を中断《ちゅうだん》した。

レストレードが不審《ふしん》に思《おも》い顔《かお》を向《む》けると、ホームズはスーザンの横顔《よこがお》を熱心《ねっしん》に見《み》つめた。

先《さき》ほど、セーラを見《み》つめていたときと同《おな》じ、食《く》い入《い》るような真剣《しんけん》な視線《しせん》だ。

レストレードもホームズをまねてスーザンを見《み》てみた。

束《たば》ねた髪《かみ》に、セーラのような華《はな》やかさはないが整《ととの》った顔立《かおだ》ち。ごく普通《ふつう》のどこにでもいる女性《じょせい》だ。

「だめだ…なんにもわからない…」レストレードにはホームズが熱心《ねっしん》に見《み》つめるような変《か》わった要素《ようそ》は何一《なにひと》つ見《み》あたらなかった。

その時《とき》、ワトソンが居間《いま》へ入《はい》ってきた。

「セーラさんに大事《だいじ》はありません。切《き》り取《と》られた耳《みみ》を見《み》て、ショックで失神《しっしん》しただけです。しばらくしたら意識《いしき》を取《と》り戻《もど》すでしょう」

ありがとうございます、とスーザンは丁寧《ていねい》にお辞儀《じぎ》をした。ワトソンはセーラが言《い》う通《とお》り、スーザンはすてきなレディーだと感《かん》じた。

「いくつか質問《しつもん》をしたいのですが」ホームズが切《き》り出《だ》した。

「あなたにはセーラさんの他《ほか》に、もう一人《ひとり》妹《いもうと》さんがいらっしゃいますね？」

スーザンは驚《おどろ》いて目《め》を見開《みひら》いた。

「どうして…そのことをご存《ぞん》じなのです？」

ホームズは壁《かべ》に飾《かざ》られていた写真《しゃしん》を指《ゆび》さした。

「あの写真《しゃしん》です。三人《さんにん》の女性《じょせい》が写《うつ》っていて、お一人《ひとり》はあなたです。もう一人《ひとり》はセーラさん。そして、あとの一人《ひとり》はセーラさんによく似《に》ていますから、家族《かぞく》に違《ちが》いない。セーラさんよりも若《わか》く見《み》えるので妹《いもうと》さんだと推理《すいり》しました」

「ええ、まったくその通《とお》りです。末《すえ》の妹《いもうと》のメアリです」

ワトソンは驚《おどろ》きを通《とお》り越《こ》して呆《あき》れた顔《かお》で話《はな》しはじめた。

「ホームズ、キミはこの部屋《へや》に入《はい》ってきたばかりだというのに、とんでもないところを見《み》てたんだね」

「まったく呆《あき》れた観察力《かんさつりょく》だよ」レストレードが皮肉《ひにく》交《ま》じりにつぶやいた。

「ふん！　それが僕《ぼく》の仕事《しごと》だからね。それより、その隣《となり》の写真《しゃしん》をよく見《み》てみろよ」

　ワトソンとレストレードは壁《かべ》の写真《しゃしん》を見《み》るため席《せき》を立《た》った。

「結婚式《けっこんしき》の写真《しゃしん》かな…」とのんきに眺《なが》めていたワトソンが、突然大声《とつぜんおおごえ》を上《あ》げた。

「ホ、ホームズ！　これ、船員《せんいん》が写《うつ》っているよ！」

「制服《せいふく》から判断《はんだん》すると船《ふね》の接客員《せっきゃくいん》のようだ」

レストレードも写真《しゃしん》に見入《みい》った。

「ああ、その写真《しゃしん》ですか」とスーザンが微笑《ほほえ》んだ。

「メアリの結婚式《けっこんしき》の写真《しゃしん》です。隣《となり》にいるのはご主《しゅ》人《じん》のジェームズ・ブラウナーさんです」

　ほう、とホームズは声《こえ》を上《あ》げ「いつ頃《ごろ》ご結婚《けっこん》され

たのですか？」と尋《たず》ねた。

「3カ《か》月《げつ》前《まえ》です。今《いま》はリバプールで暮《く》らしています」

「ジェームズさんの仕事《しごと》はご存《ぞん》じですか？」

「ジェームズさんは…リバプールとロンドン間《かん》の航路船《こうろせん》の客室乗務員《きゃくしつじょうむいん》をしてます。たしか
…メイデイ号《ごう》だったと思《おも》います」

最後《さいご》に会《あ》ったのは、というホームズの問《と》いかけにスーザンは表情《ひょうじょう》を曇《くも》らせた。

「結婚式《けっこんしき》のときが最後《さいご》です。式《しき》のあとの披露食事会《ひろうしょくじかい》でジェームズさんは酔《よ》って大暴《おおあば》れをしたので、私《わたし》は怒《おこ》って帰《かえ》って来《き》ちゃったんです。でも先月《せんげつ》、セーラはメアリのところに泊《と》まりにいってたんですが…」

「セーラさんとメアリさんがケンカなさったんですか？」

「メアリではなくジェームズさんとケンカしたみたいなんです。ジェームズさんは酔《よ》っぱらうと、ものすごく乱暴《らんぼう》になり手《て》がつけられないんです。それで禁酒《きんしゅ》の誓《ちか》いを立《た》てていたのですが、セーラと言《い》い合《あ》いになり、お酒《さけ》を飲《の》んでしまったそうなんです」

そのためセーラはスーザンの家《いえ》へと帰《かえ》ってきたのだという。

帰《かえ》って来《く》るなりセーラは一人暮《ひとりぐ》らしを始《はじ》めると言《い》って引《ひ》っ越《こ》してしまい、そしてスーザンの元《もと》に、あの気味《きみ》の悪《わる》いボール箱《ばこ》が届《とど》いたのだった。

「メアリからは手紙《てがみ》も届《とど》かないので…今《いま》は二人《ふたり》がどうしているかはわかりません」

ワトソンが穏《おだ》やかな口調《くちょう》でスーザンに問《と》いかける。

「セーラさんは、なぜジェームズさんと言《い》い争《あらそ》いになったかご存《ぞん》じですか？」

「セーラは気《き》が強《つよ》くて気《き》むずかしい性格《せいかく》だから…きっとジェームズさんがお酒《さけ》を飲《の》まないように厳《きび》しく監視《かんし》してたんじゃないかしら？　帰《かえ》って来《き》てからはジェームズさんのことを、これでもかというくらい悪《わる》く言《い》っていたんですよ」

スーザンはワトソンの優《やさ》しい表情《ひょうじょう》のおかげで暗《くら》い気持《きも》ちが紛《まぎ》れ、自《みずか》ら話《はな》し始《はじ》めた。

「姉《あね》の私《わたし》が妹《いもうと》を悪《わる》く言《い》いたくはないけど、セーラは告白《こくはく》してくる男性《だんせい》には興味《きょうみ》を持《も》たないのに、自分《じぶん》にはふり返《かえ》ってくれない男性《だんせい》には夢中《むちゅう》になるんです。そして、その男性《だんせい》にふられると、逆恨《さかうら》みのように復《ふく》しゅうをするんです」

レストレードは、先生《せんせい》は大丈夫《だいじょうぶ》かな、とワトソンを心配《しんぱい》した。

「あと、男性《だんせい》が誤解《ごかい》してしまいそうな態度《たいど》を平気《へいき》でとるんです。下宿《げしゅく》していた医学生《いがくせい》たちがケンカばかりするようになったのも、セーラをめぐってのことだったんじゃないかと思《おも》うんです」

最後《さいご》にひとつだけ、とホームズが尋《たず》ねた。

「メアリさんが結婚《けっこん》されるまでは姉妹三人《しまいさんにん》で暮《く》らしていたのですか？」

「ええ。私《わたし》たちはずっと一緒《いっしょ》に暮《く》らしていました。でも、メアリが結婚《けっこん》して…セーラもこ

の家《いえ》を出《で》て行《い》ってしまって…」

「ありがとうございます、スーザンさん」

ホームズは立《た》ち上《あ》がって言《い》った。「もう安《あん》心《しん》してください。この事件《じけん》は、あなたとは全《まった》く関係《かんけい》ありません」

「ええ？　本当《ほんとう》ですか？」スーザンは驚《おどろ》きの声《こえ》を上《あ》げた。

「おいホームズ！　勝手《かって》に決《き》めるな。まだ捜査中《そうさちゅう》だろ！」レストレードはとがめた。

「僕《ぼく》が関係《かんけい》ないと言《い》ったら関係《かんけい》ないんだ！　さあ、次《つぎ》の捜査《そうさ》に行《い》くぞ！」

ホームズは勢《いきお》いよく部屋《へや》を出《で》て行《い》ってしまった。ワトソンはあっけにとられながらもスーザンに「セーラさんが意識《いしき》を取《と》り戻《もど》したら、よろしくお伝《つた》えください」と言《い》い残《のこ》し、慌《あわ》てて追《お》いかけた。

ホームズたちは馬車《ばしゃ》でクロイドン駅《えき》へと向《む》かっていた。馬車《ばしゃ》の中《なか》でホームズは「この事件《じけん》はとても単純《たんじゅん》な事件《じけん》だったけど細《こま》かい点《てん》でいくつか勉強《べんきょう》になることがあったよ」と言《い》い、外《そと》の景色《けしき》を眺《なが》めていた。

「勝手《かって》に捜査《そうさ》を終《お》わらせてどういうつもりだ！」レストレードは不満《ふまん》をぶつけた。

「まだ犯人《はんにん》の目星《めぼし》もたっていないだろ。被《ひ》害者《がいしゃ》だって判明《はんめい》していないっていうのに」

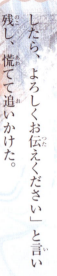

レストレードの話《はなし》を聞《き》き流《なが》していたホームズは、通《とお》りに電報局《でんぽうきょく》を見《み》つけると御者《ぎょしゃ》に馬車《ばしゃ》をとめるよう指示《しじ》した。

犯人《はんにん》のことだけど、とホームズはレストレードに真剣《しんけん》な目《め》を向《む》けた。

「実《じつ》はリバプール警察《けいさつ》に調《しら》べて欲《ほ》しいことがあるんだ。これを電報《でんぽう》で送《おく》ってくれ」

「俺《おれ》は伝書鳩《でんしょばと》じゃないんだけどな」

レストレードは文句《もんく》を言《い》いながら差《さ》し出《だ》されたメモを受《う》け取《と》った。その内容《ないよう》を見《み》て、大《おお》きく目《め》を見開《みひら》いた。

「これは…そういうことなのか?」

「だから調《しら》べてもらいたいのさ。ロンドン警視庁《けいしちょう》に戻《もど》る頃《ころ》には返事《へんじ》も来《き》ていることだろう」

電報《でんぽう》を打《う》ち終《お》え、一行《いっこう》は駅《えき》へ向《む》かった。ロンドンへ向《む》かう列車《れっしゃ》の中《なか》でワトソンは我慢《がまん》しきれずホームズに、犯人《はんにん》は誰《だれ》なの? と問《と》いかけた。

ホームズは遠《とお》くを見《み》つめるような目《め》で話《はな》し始《はじ》めた。

「この事件《じけん》はね、この間《あいだ》の『ジェファーソン・ホープ事件《じけん》』と同《おな》じように、『結果《けっか》』から『原因《げんいん》』へと推理《すいり》を逆方向《ぎゃくほうこう》に進《すす》めなければいけない事件《じけん》なんだ」

「耳《みみ》が送《おく》られてきたという事実《じじつ》がスタート地点《ちてん》なんだね」

「その通《とお》り。僕《ぼく》たちはカッシングさんの人《にん》間関係《げんかんけい》も、何《なん》の情報《じょうほう》も知《し》らずに事件《じけん》に向《む》き合《あ》うことができた。だから、クロイドンへ行《い》って状況《じょうきょう》を観察《かんさつ》し、その観察《かんさつ》から推理《すいり》を引《ひ》き出《だ》しただけさ」

最初《さいしょ》に何《なに》を見《み》たか覚《おぼ》えているよな？　とホームズが、からかうような目《め》でワトソンを挑発《ちょうはつ》した。

「覚《おぼ》えてるよ！　まずスーザンさんとセーラさんに会《あ》った」

穏《おだ》やかで上品《じょうひん》で、それでいてちょっと内気《うちき》なお姉《ねえ》さんと、美人《びじん》で気《き》が強《つよ》くて、自分《じぶん》の感《かん》情《じょう》に正直《しょうじき》な妹《いもうと》の顔《かお》を思《おも》い浮《う》かべた。

「そう、一人《ひとり》ではなく二人《ふたり》いたんだ。その瞬間《しゅんかん》、僕《ぼく》はボール箱《ばこ》は二人《ふたり》のうちの、どちらか

にあてたものかもしれない、という考《かんが》えが浮《う》かんだんだ」

女性《じょせい》の顔《かお》しか見《み》ていなかったなんて言《い》えないと口《くち》をつぐんでいたワトソンを尻目《しりめ》にホームズは続《つづ》けた。

「それから庭《にわ》で届《とど》いたボール箱《ばこ》を観《かん》察《さつ》した」

「箱《はこ》のことならよく覚《おぼ》えてるぞ」レストレードが嬉々《きき》として話《はなし》に割《わ》り込《こ》んできた。

「投函《とうかん》されたのは港町《みなとまち》のベルファスト。箱《はこ》を縛《しば》っていたひもはタールが塗《ぬ》られた船《ふね》の帆《ほ》を修理《しゅうり》するときに使《つか》うもの。しかもひもの縛《しば》り方《かた》は船員《せんいん》がよく使《つか》う結《むす》び方《かた》だ。このことからみて、犯人《はんにん》は船乗《ふなの》り関係者《かんけいしゃ》に間違《まちが》いないと思《おも》うね」

「肝心《かんじん》なことを忘《わす》れているぞ、レストレード！　宛先《あてさき》がS・カッシングと書《か》かれていたことだ！」

「あ、そうだった…」ホームズに指摘《してき》され、レストレードはイタチのように、そわそわと辺《あた》りを見渡《みわた》しごまかした。

「荷物《にもつ》を受《う》け取《と》ったのはスーザンさんだ。イニシャルがSだから自分宛《じぶんあて》の荷物《にもつ》だと思《おも》ったに違《ちが》いない」

ワトソンが「けれども妹《いもうと》のセーラさんもイニシャルはSだ」と反応《はんのう》した。「しかも、セーラさんは、つい最近《さいきん》までスーザンさんと一緒《いっしょ》に住《す》んでいたってことは…」

「あのボール箱《ばこ》が誰宛《だれあ》てだったのか？　そして、どういう間違《まちが》いが起《お》きたのかは想像《そうぞう》できるだろ？」

スーザンではなくセーラに送《おく》りつけたものだった、という事実《じじつ》をワトソンは否定《ひてい》しようがなかった。

ただし、とホームズは付《つ》け加《くわ》え「さっき打《う》った電報《でんぽう》の答《こた》えを見《み》ないことには、何《なん》とも言《い》

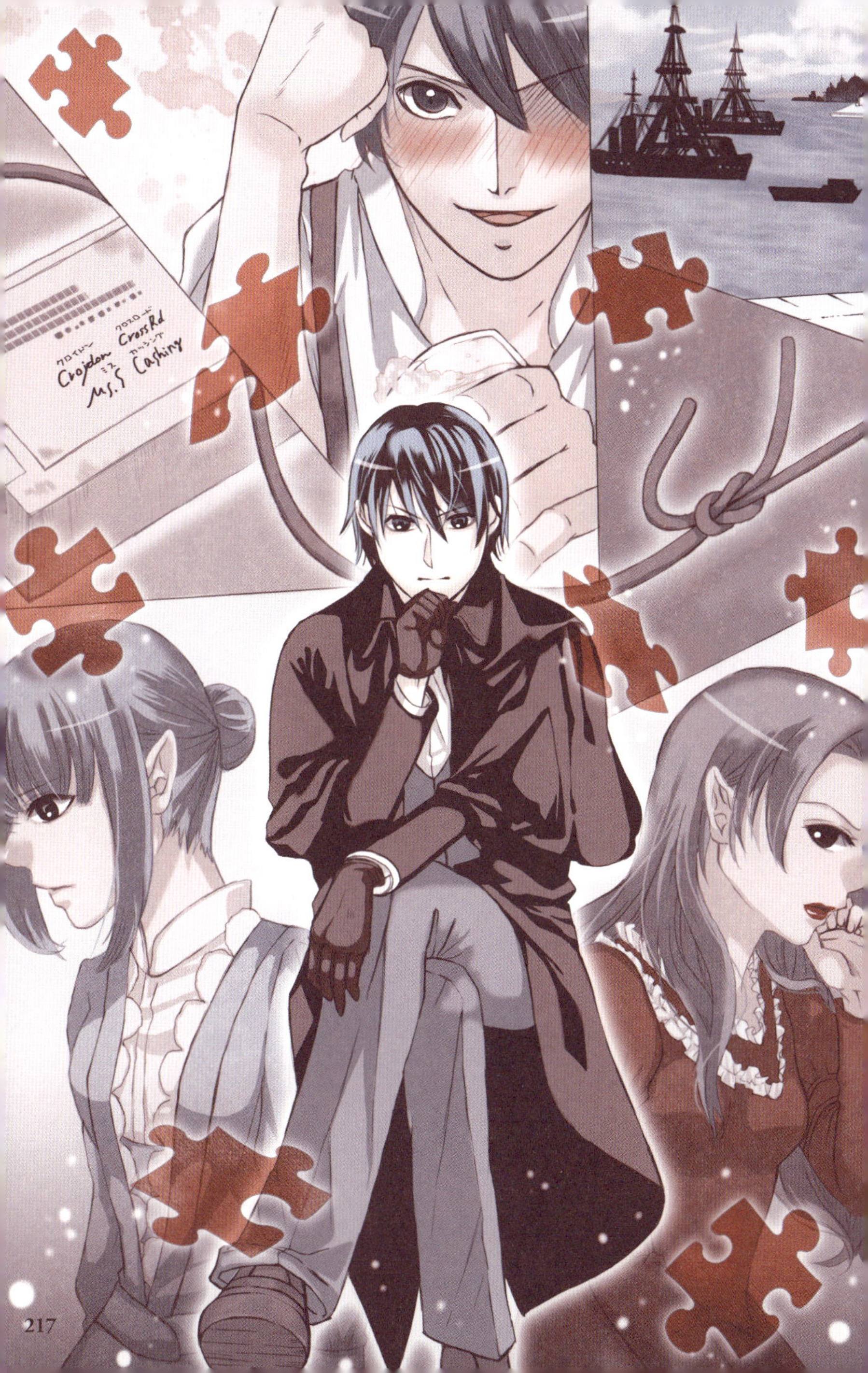
Crojdon《クロイドン》 Cross Rd《クロスロード》
Ms.《ミス》S Cashing《カッシング》

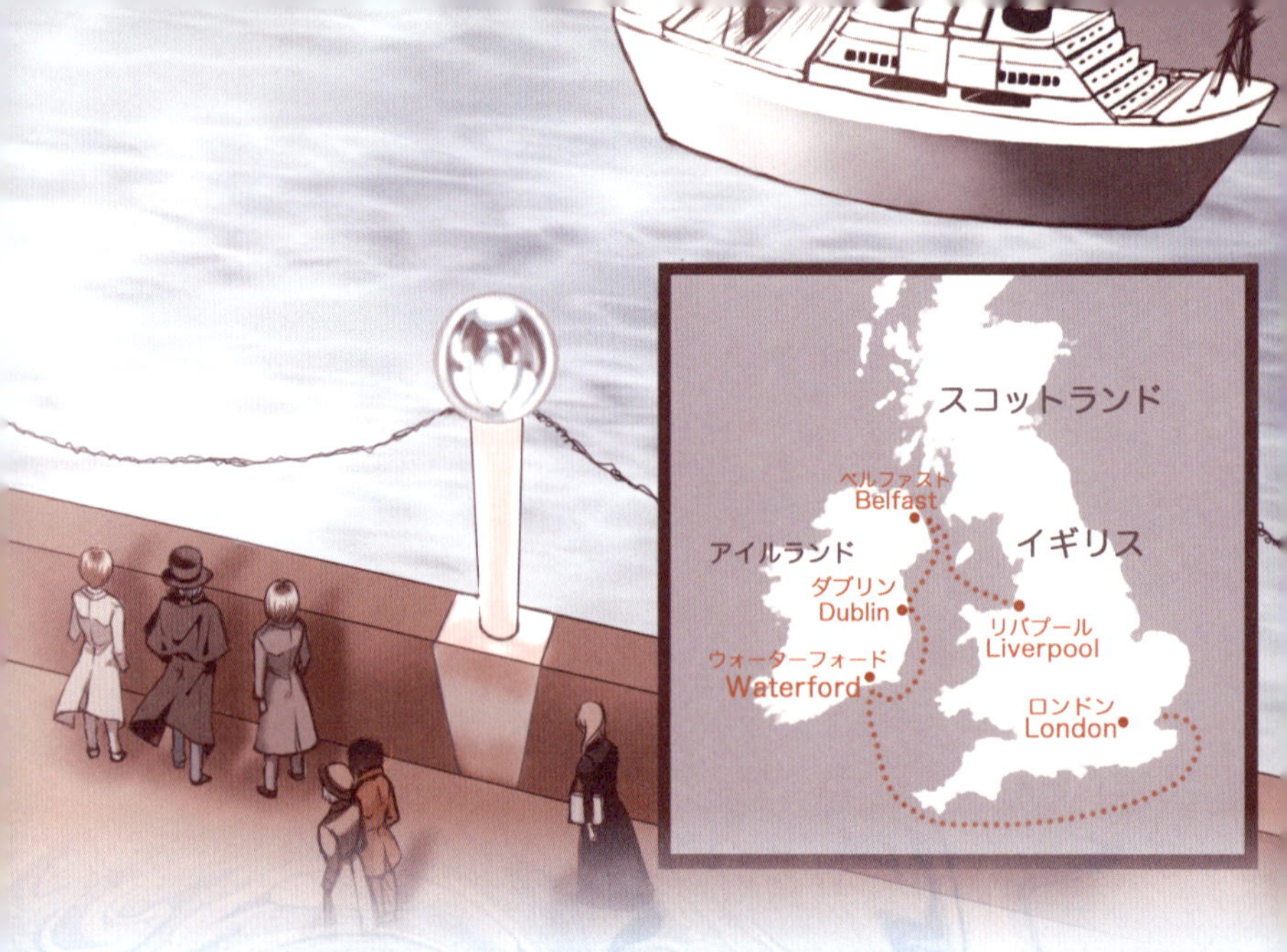

えないけどな」とつぶやき、堅《かた》く口《くち》をつぐんだ。

ロンドン警視庁《けいしちょう》に着《つ》くと、期待通《きたいどお》り電報《でんぽう》は届《とど》いていた。

ホームズは、その内容《ないよう》を無表情《むひょうじょう》で確認《かくにん》し、レストレードへ手渡《てわた》した。

レストレードは目《め》を見開《みひら》き「やはり犯人《はんにん》は！」と興奮《こうふん》を抑《おさ》えきれず声《こえ》を上《あ》げた。時間《じかん》を確認《かくにん》すると「もう5時半《じはん》だ！　時間《じかん》がない、急《いそ》いでロンドン港《こう》へ行《い》こう！」と慌《あわ》てて馬車《ばしゃ》を呼《よ》び止《と》めた。

ロンドン港《こう》は街《まち》の中心《ちゅうしん》を流《なが》れるテムズ川沿《がわぞ》いにある。ドッグランズと呼《よ》ばれ、川岸《かわぎし》には船着《ふなつ》き場《ば》や倉庫《そうこ》、造船所《ぞうせんじょ》などが建《た》ち並《なら》んでいる。

レストレードは「6時《じ》までにロンドン港《こう》へ行《い》

くんだ！　急《いそ》げ！　急《いそ》げ！」と御者《ぎょしゃ》を駆《か》り立《た》てた。

そんなレストレードとはうらはらに、ホームズは静《しず》かな口調《くちょう》で話《はな》し始《はじ》めた。

「今回《こんかい》の事件《じけん》は船乗《ふなの》りの男《おとこ》が誰《だれ》かを殺《ころ》し、あの恐《おそ》ろしいボール箱《ばこ》をセーラさんに送《おく》ったということで間違《まちが》いない。でも、誰《だれ》がなぜセーラさんに送《おく》らなければならなかったのか？」

「スーザンさんが言《い》ってたよね。セーラさんは自分《じぶん》をふった男性《だんせい》に復《ふく》しゅうするって…誰《だれ》かに復《ふく》しゅうしてしまい、そして新《あら》たな悲劇《ひげき》を生《う》んだのかも…それより電報《でんぽう》で何《なに》を調《しら》べたの？」

「メアリさんの家《いえ》はもう三日以上《みっかいじょう》閉《し》めきったままで、誰《だれ》も彼女《かのじょ》の姿《すがた》を見《み》ていない。そして夫《おっと》のジェームズはメイデイ号《ごう》に乗《の》っているということだ」

メイデイ号《ごう》はリバプールから出発《しゅっぱつ》し、ベルファスト、ダブリン、ウォーターフォードに寄港《きこう》し、最後《さいご》にロンドン港《こう》に停泊《ていはく》する。

「だからロンドン港《こう》へ急《いそ》いでいるのか…」とワトソンは納得《なっとく》した。

「ワトソン、君《きみ》は気《き》づいていたかい？　スーザンさんとセーラさんは顔《かお》の感《かん》じは全《まった》く違《ちが》うけど、耳《みみ》の形《かたち》がそっくりだってことに。そして、あの切《き》られた耳《みみ》も…」

あの耳《みみ》はセーラさんの妹《いもうと》メアリさんのものだというのか
届《とど》いた耳《みみ》とスーザン、セーラさんの耳《みみ》の形《かたち》はほぼ一致《いっち》する
末《すえ》の妹《いもうと》のものに間違《まちが》いない
妹《いもうと》さんの耳《みみ》をセーラさんに送《おく》りつけるなんて
それじゃ犯人《はんにん》は

メアリさんの夫《おっと》で
あの船《ふね》で客室係《きゃくしつがかり》をしている
ジェームズ・ブラウナー
自分《じぶん》の妻《つま》をなぜ殺《ころ》したのか話《はなし》を聞《き》こうじゃないか

バンッ
ジェームズ・ブラウナー
お前《まえ》に聞《き》きたいことがある
ボール箱《ばこ》のことについて
どんッ
わっ
船乗《ふなの》りだけあってすごい力《ちから》だ
だーーッ
ダッ

にがさん！
ガレッ
めずらしく
レストレードが
活躍《かつやく》してる……
ジェームズ・ブラウナー
お前《まえ》を
メアリさん
殺害容疑《さつがいようぎ》で
逮捕《たいほ》する
うう
俺《おれ》は
とんでもないことを
してしまった

俺《おれ》はメアリを殺《ころ》してしまった!!
俺《おれ》とメアリは幸《しあわ》せな結婚生活《けっこんせいかつ》を送《おく》っていた
お久《ひさ》しぶりメアリ
セーラが来《く》るまでは
長旅《ながたび》は疲《つか》れたでしょセーラ姉《ねえ》さん
久《ひさ》しぶりセーラ義姉《ねえ》さん
ぎゅっ…
久《ひさ》しぶりジェームズ

にっこり
そして一カ月《いっかげつ》
セーラ義姉《ねえ》さんもう一カ月《いっかげつ》も泊《と》まってるけど
帰《かえ》らなくて大丈夫《だいじょうぶ》なの？
姉《ねえ》さんはあたしを心配《しんぱい》してくれてるのよ
あなたが航海《こうかい》に出《で》てるときあたしが一人《ひとり》きりでしょう？
じゃ出掛《でか》けてくるわね
あら

メアリはどこに行《い》ったの？
下着!?
な…何《なに》かの支払《しはら》いに出掛《でか》けたよ
ふうん
あら…あなたは私《わたし》が一緒《いっしょ》だと面白《おもしろ》くなさそうね
酷《ひど》くない？ジェームズ
そ…そんなことありませんよ
そうかしら

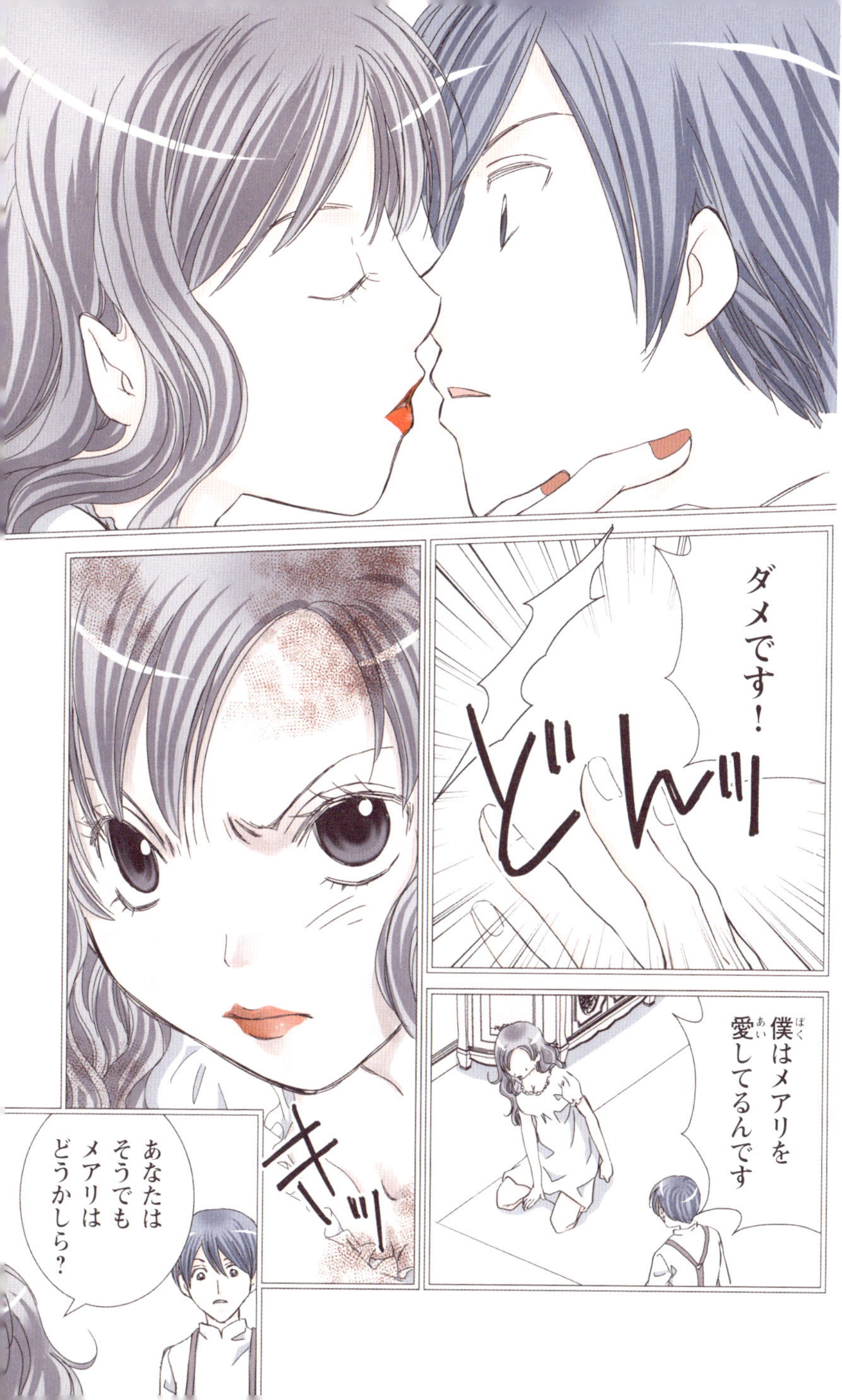
ダメです！
どんッ
僕《ぼく》はメアリを愛《あい》してるんです
ギッ
あなたはそうでもメアリはどうかしら？

今《いま》だってどこに出掛《でか》けたかわからないでしょ？
うっ…
ねえ
あなたが船《ふね》に乗《の》ってる間《あいだ》メアリが何《なに》をしてると思《おも》ってるの？
情熱的《じょうねつてき》な船乗《ふなの》りが放《ほう》っておくと思《おも》う？
あんな可愛《かわい》い娘《むすめ》だもの他《ほか》の男《おとこ》が放《ほう》っておかないわよ
メアリはああ見《み》えて浮気性《うわきしょう》なのよ

そんなことはない　メアリが浮気《うわき》だなんて
コトン…
禁酒《きんしゅ》してたんですって？
ほらお酒《さけ》を飲《の》みましょう
メアリの浮気《うわき》のことなんて考《かんが》えちゃダメ
飲《の》むと暴力的《ぼうりょくてき》になっちゃうんですって？
フフフ

アーハハハハハハハ
ジェームズ!?
どうしたの!?
禁酒《きんしゅ》の約束《やくそく》を破《やぶ》ったのね
それに姉《ねえ》さんは?
ぴくッ
姉《ねえ》さんはどこ?
うるせー
むくっ
お前《まえ》のことは全部《ぜんぶ》お見通《みとお》しだ

許《ゆる》さんぞー！
きゃあああ
そして俺《おれ》はメアリの遺体《いたい》を鞄《かばん》に入《い》れ
海《うみ》に捨《す》てた
その時《とき》遺体《いたい》から切《き》り取《と》った耳《みみ》を船内《せんない》に置《お》いてあったボール箱《ばこ》に詰《つ》めて
ベルファストからあの憎《にく》たらしいセーラに送《おく》りつけたんだ

まさか
スーザンさんに
届《とど》くなんて
俺《おれ》はセーラに惑《まど》わされて
取《と》り返《かえ》しのつかない
ことをしてしまった
メアリさんを
殺《ころ》した犯人《はんにん》は
ブラウナー
でも
そのきっかけは
セーラさんだ
今《いま》の法律《ほうりつ》では
セーラさんを
罰《ばっ》することは
できない
真相《しんそう》を知《し》って
しまったら
スーザンさんは
大丈夫《だいじょうぶ》かな？

全《まった》く君《きみ》は罪作《つみつく》りな男《おとこ》だよ
はーっ
!?
断言《だんげん》する君《きみ》は女性関係《じょせいかんけい》で苦労《くろう》する!!
女性《じょせい》? 僕《ぼく》はいつだって女性《じょせい》には優《やさ》しくしてるだろ
それだろ
まあ大問題《だいもんだい》が起《お》きたときは
僕《ぼく》が解決《かいけつ》してやるよ
そんなことあるわけないだろー!!

もっと知《し》りたい！

ホームズの世界《せかい》 2

ホームズ達《たち》が活躍《かつやく》した19世紀《せいき》のロンドンは、どんな場所《ばしょ》だったのかな。
物語《ものがたり》を深《ふか》く知《し》るために、ちょっとのぞいてみよう！

当時《とうじ》の船《ふね》って どんなものだったの？

ヴィクトリア朝《ちょう》の時代《じだい》は、交通《こうつう》が大《おお》きく発展《はってん》し、海《うみ》には豪華《ごうか》な客船《きゃくせん》が登場《とうじょう》しました。20世紀《せいき》の初頭《しょとう》になると、当時《とうじ》世界《せかい》一《いち》の大《おお》きさを誇《ほこ》った「オリンピック」という客船《きゃくせん》が造《つく》られました。この船《ふね》は全長《ぜんちょう》260メートル以上《いじょう》の巨大《きょだい》な船《ふね》でした。まるでホテルのような豪華《ごうか》な内装《ないそう》に、行《い》き届《とど》いたサービス。乗客《じょうきゃく》たちは優雅《ゆうが》な船《ふね》の旅《たび》を楽《たの》しんだのです。

キーワード解説《かいせつ》

物語《ものがたり》に出てくる難《むずか》しい言葉《ことば》や知《し》っておきたい知識《ちしき》をチェック！

ヴィクトリア駅《えき》

ロンドン中心地《ちゅうしんち》にある大《おお》きな駅《えき》で1860年《ねん》に建設《けんせつ》されました。ここからロンドン郊外《こうがい》へ向《む》かうさまざまな鉄道《てつどう》が出《で》ており、ロンドンから遠方《えんぽう》へ出《で》かける際《さい》の起点《てん》になっています。赤《あか》レンガでつくられた美《うつく》しい駅舎《えきしゃ》が特徴《とくちょう》。

客室乗務員《きゃくしつじょうむいん》

客船《きゃくせん》に乗《の》り込《こ》み、乗客《じょうきゃく》たちにさまざまなサービスをするスタッフ。客席《きゃくせき》への案内《あんない》や食事《しょくじ》のときのウエイターとして、ホテルのスタッフのようにたくさんの業務《ぎょうむ》を担当《たんとう》します。

タール

石炭《せきたん》から燃料《ねんりょう》をつくる際《さい》に発生《はっせい》するネバネバした黒《くろ》い物質《ぶっしつ》のこと。船《ふね》の外装《がいそう》の隙間《すきま》を埋《う》めたり、水《みず》が染《し》み込《こ》むのを防《ふせ》ぐために塗《ぬ》ったりして使《つか》います。

クロイドン

ロンドンの南部《なんぶ》にある区《く》。ロンドンの中心地《ちゅうしんち》からは10キロメートル程度《ていど》とそこまで離《はな》れているわけではありませんが、森林公園《しんりんこうえん》や農場《のうじょう》があるなど、自然《しぜん》が多《おお》く残《のこ》されたのどかな場所《ばしょ》です。

耳介《じかい》

耳《みみ》の穴《あな》から外側《そとがわ》に張《は》り出《だ》している部分全体《ぶぶんぜんたい》を耳介《じかい》といいます。軟骨《なんこつ》で支《ささ》えられており、音《おと》を耳《みみ》の穴《あな》に集《あつ》める働《はたら》きをしています。顔《かお》と同《おな》じように、大《おお》きさや形《かたち》は人《ひと》それぞれです。

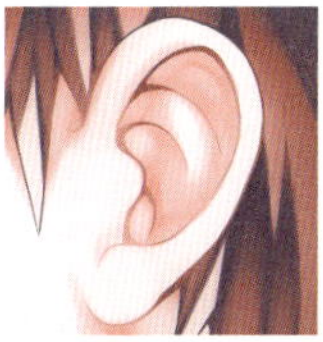

あっ
もうこんな時間《じかん》だ
ホームズ、どこまで行《い》ったんだろう
調査に行ってくる。
君は足手まとい
だから留守番だ。
足手《あしで》まといとは失礼《しつれい》な…
まったく…
何《なに》かあったのかな

コンッ
びくっ
ワッ
ガタッ
こいこい
ホームズ!?
たったったったっ
ホームズ！
遅《おそ》かったじゃないか
心配《しんぱい》したんだよ
調査《ちょうさ》が
長引《ながび》いてな
これから
夜《よる》の調査《ちょうさ》だから
助手《じょしゅ》を
呼《よ》びに来《き》た

ほんとはひとりでさびしかったんじゃないの？
そんなわけあるか！
にやにや
ところでどこへ行《い》くんだい？
聞《き》き込《こ》み調査《ちょうさ》の基本《きほん》、パブさ
きいっ
ガヤガヤ
いいか、周《まわ》りの話《はなし》をよく聞《き》いておくんだぞ
わかった！

ビールおかわり
プハー！うまいなぁ
フィッシュ・アンド・チップス〜！
こっちにも〜
ごくり…
飲《の》みながら調査《ちょうさ》するか
まってました！
フィッシュアンドチップスも頼もう〜！
次《つぎ》の事件《じけん》も頼《たの》んだぞ、ワトソン
まかせて！
かんぱーーい！

◆カバーイラスト…おうせめい

◆マンガ脚本…森永ひとみ（事件ファイル1、2）

◆本文マンガ…おうせめい（はじめに・おわりに）、SALI（事件ファイル1・P.20〜43／P.146〜169）、一ノ瀬いぶき（事件ファイル1・P.114〜127）、沢音千尋（事件ファイル2）

◆本文イラスト…蒼衣ユノ（事件ファイル1）、朔（事件ファイル2）、ファルゼーレ（コラム）

◆小説執筆…森永ひとみ（事件ファイル1、2）

◆カバーデザイン…ごぼうデザイン

◆本文デザイン…萩原美和

◆編集…コンセント、明道聡子（リブラ編集室）

参考文献

『ヴィクトリア朝百貨事典』著：谷田博幸　（河出書房新社）

『シャーロック・ホームズと見るヴィクトリア朝英国の食卓と生活』著：関矢悦子　（原書房）

『ヴィクトリア時代の衣装と暮らし』著：石井理恵子　村上リコ　（新紀元社）

『図説　英国貴族の暮らし』著：田中亮三　（河出書房新社）

『ファッションの歴史―西洋中世から19世紀まで』著：ブランシュ・ペイン　（八坂書房）

※この本は『シャーロック・ホームズシリーズ』（アーサー・コナン・ドイル著）に独自のアレンジを加えたものです。

キラキラ名探偵《めいたんてい》 シャーロック・ホームズ 緋色《ひいろ》の研究《けんきゅう》

原　　作　コナン・ドイル
編　　者　新星出版社編集部
発 行 者　富　永　靖　弘
印 刷 所　株式会社高山

発行所　東京都台東区台東2丁目24　株式会社　新星出版社
〒110-0016　☎03（3831）0743

ISBN978-4-405-07223-7